與魔族王子一起戀愛吧~
MO
ZU
PRINCE
02
Episode

菲莉亞·羅格朗
COUNTRY GIRL
出身非常普通的鄉下少女，憑藉著無人能敵的擲鐵餅技術考入冬波利學院，屬強力量型的學生。她個性靦腆害羞、膽怯，有時候有點遲鈍，在心靈上頗為依賴哥哥馬丁。
歐文·黑迪斯
MOZU PRINCE
魔族王子，化名為「歐文·哈迪斯」混入人類學校裡假裝成普通的魔法系學生。他臉上總是掛著微笑，給人感覺很溫柔，但切開的話會有點黑。他在自己感情的問題上很不坦率，傲嬌型，甚至是遲鈍。
Diary

卡斯爾·約克森 LEGENDARY BRAVE'S SON

曾殺死魔王的傳奇勇者的兒子，是魔法和劍術雙專業的天才學生。勇者世家出身的他，是個長相出眾、個性友善，在任何方面都近乎完美的少年，很受眾人歡迎。

瑪格麗特·威廉森 MISSY

來自古典貴族家族的大小姐，在冬波利學院學習劍術。在外人看來，她異常的高傲冷淡，大多數時候都面無表情，但實際上她是個極其遲鈍的天然呆，稍微有點傲嬌。

Contents

第一章 最受歡迎的輔修課

暑假的時光總是相當短暫，永遠是在人們反應過來前就結束了。

菲莉亞在家裡的兩個月過得還是十分愉快的，她吃到哥哥烤的麵包，和洛蒂一起逛了一次集市，母親雖然經常催促她寫作業，但也會煮宵夜給她吃。

要說唯一的煩惱，大概就是隔壁的索恩總是鍥而不捨的在半夜拍她窗戶，白天見到她又是一副愛理不理、厭惡她的模樣，索恩的奇怪舉動無疑讓菲莉亞變得更怕他……不過這也算不上什麼大事，他們是一起長大的鄰居，菲莉亞怕他早已成習慣了。

因為要趕上八月底參加二年級的入學儀式，菲莉亞必須在七月底就離開艾麗西亞。

在她啟程的前一天，馬丁忽然敲響了她房間的門。

「睡了嗎，菲莉亞？」

菲莉亞連忙放下捧在手裡的畫冊，回應：「沒有，進來吧，哥哥。」

馬丁轉動門把，開門走了進來，走到菲莉亞的床邊，屈膝坐下。

在菲莉亞眼中，哥哥的身材看起來十分頎長，他的眼裡總是含著溫柔的情感，即使是敏感膽怯的菲莉亞，在他身邊也能感到安心。

由於明日一早就要啟程，菲莉亞其實正準備要睡了。她半個腦袋已經埋進枕頭裡，隨時能把自己整個人都縮進被子裡。此時，看見哥哥，菲莉亞有些失落的垂下眼瞼道：「哥哥，我明天就要回學校去了。」

在家住兩個月，兩個月花在路上，剩下的八個月全部都在冬波利，這樣算起來，反倒冬波利更像是她的家。

馬丁笑了笑，伸手摸菲莉亞半藏在枕頭裡的臉頰。

他的手既暖和又柔軟，菲莉亞並不覺得難受，只是最初下意識的瑟縮一下，就乖乖讓他摸了。

「不喜歡學校的話，留在家裡也沒有關係。」馬丁語氣和緩的說道，「我去和媽媽說，妳不要怕。」

菲莉亞認真的用幾秒鐘考慮這個意見，最後慢慢把自己往被子裡挪了挪。

「算、算了，我、我也不是討厭學校……」菲莉亞斟酌著措辭說道。

上半年她確實有過想逃回家的念頭，寢室裡猜疑的氣氛使人極為不安。但娜娜搬出去之後，現在的狀況已經明顯好了起來，甚至可以稱得上相處愉快。南茜和瑪格麗特偶爾依然要拌嘴，但不再是你死我活的攻擊性質。

「而、而且，不回學校的話，就見不到歐文了。」菲莉亞的臉慢慢紅起來。

「歐文？妳信裡經常說起的妳的朋友？那個天使？」馬丁揚了揚眉毛。

菲莉亞點了點頭，同時臉更紅了。

平時她經常說歐文是天使，可從哥哥嘴裡講出來，總覺得哪裡不對勁。菲莉亞忽然覺得

有點尷尬，她的形容好像太小孩子氣了。

對，她今年十歲，不再是八、九歲的小孩子了，下次寫信要成熟一點！

「他、他人很好的。」菲莉亞試圖把哥哥對歐文的印象從天使上扭轉出來，「平時一直都在努力幫助我……他個性很溫和，成績又好……」

菲莉亞使勁想把歐文的優點堆到馬丁面前，馬丁耐心的聽她講完，卻沒有發表對歐文的評論，反而問道：「那妳喜歡鐵餅嗎？」

「欸？」菲莉亞一時沒反應過來。

「……妳喜歡去學校，是因為有朋友在那裡，還是因為喜歡妳的專業？」

馬丁這次的問題稍微詳細了一點，不知道是不是錯覺，菲莉亞覺得哥哥的神情竟然有點嚴肅。

馬丁頓了頓，又道：「菲莉亞……如果按照媽媽的希望，妳從冬波利畢業之後，就要去考皇家護衛隊。考不上的話，或許要去考城市護衛隊，也可能是王城勇者團或皇室傭兵……總之，就是留在王城，找一份體面的工作。不過這只是媽媽個人的意思而已，妳大可不必完全照做，要是不喜歡當勇者的話……」

菲莉亞呆愣的眨了眨眼睛。她其實並沒有完全聽懂馬丁的話，大致上應該是在問她不考慮母親意見的話，她自己願不願意扔鐵餅吧？

菲莉亞想了想，覺得有些迷茫，「不、不知道……其、其實，要是有機會的話，我想嘗試一下重劍……」

因為面前的人是馬丁，所以菲莉亞知道自己可以把腦袋裡最荒誕的想法說出來，哥哥絕不會嘲笑她。

「鐵餅每次扔完都要跑過去撿回來……拴上鏈子的話，鏈子經常會纏住靶子，很、很麻煩。」菲莉亞是認真的在苦惱。

大家的武器基本上都能重複利用，只有她是一次性的。雖然尼爾森教授說，鐵餅的特點就在於傷害奇重，一擊斃命，而且也有勇者會拴上鏈子來重複利用……但菲莉亞也發現了，她的武器一點都不方便。

學過武器演化學之後，菲莉亞已經知道鐵餅是人類最古老的武器之一。它能夠在與目標保持一定距離時就進行攻擊，而且傷害極大，不需要像弓箭那麼精準也能達到可觀的效果，在人類勇者還停留於和野獸單打獨鬥的時期是理想的工具，曾經煥發過異彩，歷史上有不少傳奇勇者都是用鐵餅砸死魔王的。

但是，隨著魔族和魔王都變得越來越強大、越來越團結，人類的勇者也日漸注重起團隊合作。

獨行俠的時代過去了，勇者團的輝煌終於到來。鐵餅這種無法適應團隊作戰的武器，也

在時代中被人們拋棄。

不過，雖然菲莉亞的確是有想換武器的想法，但……用鐵餅是羅格朗夫人決定的，而現在的鐵餅是武器店老闆送的，收下的時候她好像還答應了「要讓世界對鐵餅寬容一點」之類奇怪的事。

——不、不敢換……QAQ

沒有人比馬丁更熟悉他妹妹的思維，看著她欲哭無淚的樣子，就已經將菲莉亞在想的事猜了七七八八。

馬丁失笑，他用力揉了揉菲莉亞軟軟的頭髮，道：「這樣就好……有什麼想嘗試的話就試試看吧……早點睡，晚安。」

「晚、晚安，哥哥。」

他們互相親吻了臉頰，馬丁把菲莉亞塞進被子裡，替她熄掉燈。

臨別前，馬丁又對菲莉亞微笑了一下，這才關上門離開。

菲莉亞半窩在床上愣了一會兒。她忽然發現，哥哥的眼睛在幽暗中看起來幾乎完全是金色，和歐文的頭髮一模一樣。

▶◇◀◎▶◇◀

第一章
CHAPTER

花了一個月時間才好不容易從艾麗西亞抵達冬波利，菲莉亞回到學校的時候，新一年的新生考試已經結束，許多或忐忑或自信的新面孔出現在校園中。

菲莉亞入學時算年紀小的，因此新生裡其實有不少和她差不多大，甚至年紀比她大的，但不知道怎麼回事，只要是一年級生，就給人一種稚嫩的感覺。

為避免交通堵塞，校方不允許馬車駛入學院，菲莉亞只好在門口就從車上下來，抱著她的行李一路往寢室走去。菲莉亞其實並不覺得重，只是小小的身體被一疊行李箱壓住的畫面看起來挺怵目驚心的。

忽然，手上一輕。

菲莉亞下意識的抬頭，卻看到一頭燃燒般的紅髮。

「喲。」見菲莉亞看她，卡斯爾露出虎牙，笑著打了個招呼。

「喲、喲……」菲莉亞生澀的學著卡斯爾的方式打招呼，可惜發音一點都不自然，音調也怪怪的，整個招呼都很僵硬，完全不像卡斯爾那般爽朗。

卡斯爾將菲莉亞的行李箱疊起來，然後全部一把抱起。

「我來幫妳吧。」卡斯爾輕鬆的說道，「這麼多行李竟然能一個人搬到這裡，真不愧是菲莉亞啊！」

——這些箱子……很重嗎？

其實只是被疊得太高的箱子擋住視線因此感到不方便的菲莉亞疑惑了一瞬間，但很快反應過來。

——Σ(っ゜Д゜;)っ怎、怎麼能讓卡斯爾幹搬箱子這種事！

「那、那個……」菲莉亞小跑追上卡斯爾的步伐，「還、還給我吧，我能……」

「我今年要去精靈之森，所以整年都不會在學校裡。」卡斯爾打斷她，側過頭，對菲莉亞眨了眨左眼，「可我又答應過姑姑……為了交差，這次就讓我幫妳吧？」

菲莉亞愣了愣，然後，又愣了愣才想到：對哦，卡斯爾已經三年級了。

冬波利對學生進行系統勇者教育的時間只有兩年，接下來的四年時間是將知識運用到現實的實踐。比如三年級要去精靈之森冒險，五年級則是王國之心的學院競賽。

作為二年級生，菲莉亞的理論課會大幅減少，所有課程都更側重於實際運用，還會特別針對三年級的森林冒險開設特別講座。

菲莉亞忽然緊張了起來。

二年級的課程無疑比一年級更辛苦。

一年級有大量的理論課，這些課通常都可以拿來睡覺。二年級則不然，為了第三年的精靈之森冒險提前做準備，這一學期的課程大多數是實戰訓練課，而且除了自己最初選定的武

器訓練以外，還必須再輔修一到兩門其他的訓練課程，以備不時之需。

例如魔法師也得學學使用匕首，免得碰到魔力耗盡，而敵人又突然逼到眼前的情況時不知所措。

最受歡迎的輔修課是劍術和弓箭，這兩項相當實用，門檻又低，既不像強力量型那樣有硬性的體魄要求，也不像魔法系那樣被天賦侷限成就——沒有魔法天賦的人，即使拿著世界上最好的魔杖，也只能試試用魔杖上的寶石砸死對手。

其實輔修當一個刺客亦是很實用的選擇，但刺客在海波里恩王國是見不得光的職業，地位很低，備受歧視，但凡有頭有臉的家族都不會讓自家的孩子去嘗試當刺客的。

菲莉亞選擇的輔修是弓箭。

首先，她還是無法克服近身攻擊對手的恐懼；其次，歐文也選擇了這門課。想到能和歐文一起上課，菲莉亞還是相當雀躍的。

不過，歐文選擇弓箭輔修的原因，恐怕和菲莉亞想像的不大一樣。

事實上，歐文其實一直想試試看人類擅長的物理系，最初他想選和菲莉亞一樣的強力量型，於是他試著舉了一次重劍，然後……呃……

由於訓練的側重點不同，側重精神力的魔法師體質肯定比不上天天肉體鍛鍊的物理類勇

者，但完全舉不起重劍還是讓歐文產生了些許危機感。

——開玩笑的吧！！

——那把劍真的不是長在地上的嗎？！

——為什麼菲莉亞能夠輕輕鬆鬆扔來扔去的東西，我完全舉不起來？！

當時是奧利弗帶著歐文到強力量型的活動場地的，所以歐文雖然內心已經寫滿了吐槽，可表面上還是很淡定，他搖了搖頭說道：「果然不太行，我還是選弓箭吧。」

「魔法師是不擅長太側重體力的活動啦。」奧利弗同情的拍了拍他的肩膀，「不要太擔心了，你也不是第一個扛不起重劍的魔法師。」

說完，奧利弗輕鬆的單手拿起重劍，往邊上隨意一扔，輕盈得彷彿只是撿起一枝插在地上的鉛筆。

而重劍在半空中劃過一道弧度，最後優美的插回武器架上。

歐文：「……」

——這、這就是人類嗎……好可怕……

奧利弗勾住歐文的肩膀，眼神掃了掃他的金髮，毫無惡意道：「唔……雖然我知道你人很好，魔法師本來就一向不擅長體力活動，但……我覺得你平時還是稍微鍛鍊一下比較好。現在的女孩子都討厭娘炮，你又是這麼一頭金髮……」

聽到「娘炮」這詞，歐文的內心是崩潰的，他伸手推了推臉上的平光眼鏡，「……謝謝你的建議，我會考慮的。」

真的得考慮一下了。

歐文忍不住想起走到哪裡都會引起眾人熱議的卡斯爾·約克森，他不只受女生們歡迎，也相當受到男生們的崇拜。歐文好幾次聽到宿舍裡的人討論卡斯爾，全都是那種羨慕憧憬的語氣——

「那傢伙真是帥氣！」

「我也想像卡斯爾一樣爺們！」

顯然，那個紅毛才是海波里恩的人類最為推崇的類型。

歐文不禁想起了菲莉亞脖子上掛著的兔子項鍊。

——菲莉亞，她也喜歡卡斯爾那樣的男孩嗎？

總之，在歐文默默的將鍛鍊身體排入計畫的時候，輔修課學習也開始了。

▶◇◀◎▶◇◀

弓箭課屬於伊蒂絲管轄的範圍，她將課程地點安排在學院森林的邊沿上，這裡有足夠茂

密的樹木，特別適合需要掩藏的弓箭手爬行。

第一次上伊蒂絲的課，菲莉亞感到緊張，又隱隱的有點興奮。從進入冬波利以來，她已經聽到不少關於伊蒂絲教授的事蹟了。

比如她是個偏執到可怕的顏控，長相不夠漂亮的學生一概在入學會議上投否定票，直接把冬波利變成了現在這所美與力量結合在一起的學府；比如她原本是傭兵集團裡傭金天價的刺客，工作從來沒有失誤過，尤其擅長暗殺；比如她過去同樣畢業於冬波利，漢娜教授還當過她的老師。

雖然這些事蹟肯定有真有假，但伊蒂絲教授無疑是個活著的校園傳說，她恣意妄為得誇張，又強得十分任性，讓人拿她沒辦法。

這一天，空氣中隱隱瀰漫著青草的香味，介於夏天和秋天之間的九月使森林帶上了青黃相間的顏色。

和上學期一樣，一年級和二年級是混在一起上課的。

菲莉亞揹著她新買的弓箭站在二年級的第一排，她左邊是個子矮小的凱麗，右邊是神色輕鬆的歐文。

凱麗看菲莉亞緊張得背都繃緊了，安慰道：「別怕，其實伊蒂絲教授人很好的，只要是臉長得夠可愛的學生她都不會罵……」

——也就是說長得不夠可愛便會被罵了嗎！QAQ

菲莉亞覺得自己鐵定會被罵，變得更緊張了。

伊蒂絲新學期第一天上課就遲到了半個小時，等學生們都開始三三兩兩的聊天了，她才頂著那一頭亮眼的紅色大捲髮姍姍來遲。

「呃……二年級好像也有幾個新面孔，你們是輔修弓箭的，還是匕首？」伊蒂絲懶洋洋的撥著腦後的頭髮，一副沒睡醒的樣子。

專業按照慣用武器來分，匕首專業指的就是刺客。儘管刺客用的武器遠遠不止匕首，所需要的技能也異常龐大，但職業的形成都是從遠古的歷史延伸而來，人們早已習慣了刺客就是使用匕首的傢伙。

事實上，如今的刺客從工作方式來說，也不能再叫刺客了。他們在勇者團隊中擔當的職能應該是「潛行者」，只不過大家都不習慣用新的名詞，以至於對刺客這個職業還保持著長久以來的偏見，認為他們都是骯髒、卑鄙的。

所以在伊蒂絲提問後，大家都回答了「弓箭」。

菲莉亞似乎沒有聽到「匕首」的答案，要不就是她的聽力太差。不過，她注意到凱麗低著頭，把腰間的匕首往衣服裡藏了藏。

伊蒂絲無所謂的「唔」了一聲，隨口道：「那麼就讓主修這門的專業生隨便教你們一下

吧，我去看一眼一年級生。」

「等……」

「什麼？！」

二年級的輔修生們一下子炸了開來，專業生倒是早已對伊蒂絲的教學風格見怪不怪，只是無奈的嘆了口氣。

「妳看那群男生，噁！」貝蒂在菲莉亞身後輕輕的嗤了一聲，「他們都是衝著伊蒂絲教授來的，真是噁心！」

菲莉亞順著貝蒂說的方向掃了一眼，果然是幾個來參加輔修的男孩子，他們是二年級生中比較大的一批，都有十二、三歲了。

這群剛剛邁入青春期的少年都是在荷爾蒙的驅使下跑到弓箭課這裡來的，他們的每雙眼睛都黏在伊蒂絲性感的背影上，似乎根本捨不得收回來。

貝蒂又不屑的輕哼一聲，挽住菲莉亞的手，道：「伊蒂絲教授不會回來的。走吧，我教妳弓箭……唔，還有歐文。」

貝蒂的目光其實也掃到了歐文，不過歐文眼神清澈，他看向其他人的視線帶著疑惑，似乎並不明白為什麼那些男孩會對伊蒂絲教授如此痴迷。最後，他重新看向菲莉亞，菲莉亞也不解的搖頭。

貝蒂對男孩的敵意在歐文身上減輕了些。

伊蒂絲說的「去看一眼一年級生」，真的只是看了一眼。

不一會兒，迷茫的一年級生就被趕到了二年級生的陣營裡，說是伊蒂絲讓他們自己觀察二年級生來學習。

伊蒂絲教授自己則大剌剌的找了一棵樹爬上去睡覺，對學生們不聞不問，而且完全不存在對放學生鴿子的任何愧疚。

貝蒂偷偷在菲莉亞耳邊說，伊蒂絲去年就是這個德性，她幾乎完全不教學，只在心情好的時候偶爾教他們一些技巧，別的時間都讓一年級看著二年級自己摸索，他們的技能全是自己練出來的。

聽到這些，菲莉亞心裡一涼。

她對自己的智商本來就沒什麼信心，老師有教都學不會了，更何況自己學。

「歐、歐文……」

菲莉亞下意識的想去向歐文求助，他總是讓她很有安全感。不過，菲莉亞一轉頭，就看見歐文已經學著貝蒂的姿勢將箭搭上弦，順利的拉開了弓，瞄準不遠處一個靶子的靶心，輕鬆的鬆手……

正中紅心。

歐文：唔……雖然重劍拿不起來，這個還是挺簡單的嘛。

聽見菲莉亞在叫他，歐文轉過頭，心情愉悅的燦爛微笑道：「怎麼了嗎？」

菲莉亞看著歐文射出的那根緊緊插在靶子上的箭，又看到歐文輕鬆愜意閃閃發光的臉，忽然生出一種無形的壓力來，「沒、沒什麼……」

第二章 你也喜歡菲莉亞嗎？

時間在伊蒂絲教授的懶散和尼爾森教授的認真負責中匆匆而過，轉眼十二月末的冷風悄然而至。

不過，冷歸冷，這一年的雪冬節卻來得比平時更晚一些，寒風早已颳光了樹葉，可學生們左等右等，始終都等不到降落的第一朵雪花。

晚飯後正好是最閒的時間，不知道是誰率先提出這個話題的，反正等意識到的時候，菲莉亞寢室的所有人都在熱火朝天的討論男孩子。經過最初的風波，她們之間的關係反而變得十分穩固。

貝蒂平時對所有男性嗤之以鼻，但此時卻顯得興致勃勃，問道：「妳們覺得學校裡面誰長得最帥？」

麗莎：「卡斯爾吧？」

凱麗：「卡、卡斯爾學長？」

溫妮：「當然是卡斯爾大人！只有他才配得上瑪格麗特大小姐！是吧，大小姐？」

瑪格麗特默默的移開視線。因為視力差而看不清楚，她根本不知道學校裡的人長成什麼樣，更別提長得帥不帥……

溫妮：「對、對不起！Q□Q我忘了小姐妳不喜歡我們討論這種沒有品味的問題！我、我這就去準備妳喜歡的古典音樂……」

瑪格麗特：「……」

「我當然也覺得是卡斯爾，他不像其他男生那麼幼稚，很有風度。」貝蒂道，「妳呢，菲莉亞？」

菲莉亞下意識的往後縮了縮，這是她被點名時的一貫反應，「歐、歐文吧……」

「歐文？！」

宿舍裡炸了開來。

貝蒂雖然不討厭歐文，但也對菲莉亞的審美不能接受，「歐文哪裡比卡斯爾帥了？！妳看歐文那頭金髮……卡斯爾可是那麼漂亮的紅頭髮啊！虧卡斯爾學長還來找過妳兩次，送過妳項鍊……」

「可、可是……歐文人很好啊。」菲莉亞試圖為歐文爭辯一下，「而且他笑起來，很、很陽光……」

貝蒂的表情還是維持在難以置信的狀態上，凱麗卻說了句良心話：「那、那個，其實如果不看髮色，歐文確實長得很不錯啊……髮色的話，以後稍微染染就可以了。」

可是凱麗存在感太低，貝蒂並沒有理會她說的話，而是疑惑的轉向了竟然到現在都沒說話的南茜，要知道南茜平時什麼事都要插一腳，今天的話題又明顯是她最感興趣的那種，她會沉默實在太奇怪了。

「南茜，妳怎麼不說話？」貝蒂不喜歡拐彎抹角，相當直白的問：「妳難道也不覺得是卡斯爾？」

總算是問到她了，南茜先前故意端著的表情終於憋不住，一下子燦爛起來，「卡斯爾算什麼，最帥的人當然是我的男朋友！」

南茜說完最後一個詞，現場立刻陷入了詭異的沉寂之中。

數十秒後，貝蒂一拍桌子，倏地站了起來，「妳竟然交了男朋友？！」學校裡的男孩子都那麼蠢！

「對啊。」南茜臉上滿是喜色，「妳們見過他的，強力量型的傑瑞，和我們同一年……唔，好像就和菲莉亞常說的那個歐文同一棟宿舍吧？」

訊息量豐富起來，貝蒂那裡又是一陣爆炸。

菲莉亞卻懵了。

她不由自主的打量起南茜。

南茜是室友中年紀最大的，入學的時候就已經十一歲了，她在一個月前剛剛過完十三歲的生日。因為比其他人都要年長，她的個子也顯得高䠷，身材瘦長。南茜一直保持著短髮，她不發火的時候會有種颯爽健康的感覺。

而且現在還交了男朋友……

——總、總覺得她好成熟啊！QAQ

菲莉亞有點羨慕的想著。

▶◇◀◎▶◇◀

此時在歐文的宿舍裡，南茜的男朋友傑瑞也公開了這個消息。

結果是他被揍了一頓。

當然，作為一個典型的強力量型學生，傑瑞渾身都是滿滿的肌肉，個頭也高大，他還是相當耐揍的，其他人也只是意思意思的打他，所以並沒有造成什麼實質性的傷害。

身為魔族的歐文則完全不能理解人類揍來揍去表達感情的方式，他只是微笑的站在旁邊觀看，不明白發生了什麼事。

——話說人類的男女朋友，跟魔族的男女朋友意思一樣嗎？

打完傑瑞渾身舒爽的迪恩揉著自己有點痛的拳頭，問道：「所以呢？你女朋友是誰？」

傑瑞的臉漲得通紅，他撓撓頭，「住東、東區六號，很、很漂亮的那個……」

眾人震驚，「你搞定了瑪格麗特？！」

歐文心臟莫名一顫，「菲莉亞？！」

宿舍裡的所有人同時說話，然而話音落下後，大家的視線都不在傑瑞身上，而是刷地看向了歐文。

奧利弗神情複雜的問道：「歐、歐文，你怎麼會覺得是菲莉亞？」

歐文對他們的態度同樣不解，他蹙眉，奇怪的問道：「你們不覺得菲莉亞很可愛嗎？」

「呃，倒不是說菲莉亞不可愛，菲莉亞當然也很可愛……但是，但是……」迪恩手舞足蹈的費盡解釋，最後找不到形容詞而變得不耐煩了，「啊啊啊，但是不管怎麼樣，一般來說都會覺得瑪格麗特簡直美得沒邊吧？！她皺眉頭不耐煩的樣子簡直是維納斯啊！她的眼神好朦朧、好夢幻！我好想每天都被她瞪！相比之下的話，菲莉亞……呃，比較像是家裡的妹妹或者養兔子那種可愛的感覺？」

歐文眉間的褶皺擰得更深了，他完全不能夠理解迪恩的形容，菲莉亞哪裡有家裡妹妹的感覺？！

說是兔子倒有一點……

然後歐文瞬間想到卡斯爾送給她的兔子項鍊，於是馬上自我否定：不不不，菲莉亞一點都不像兔子！卡斯爾送給她的東西一點都不合適！

「哈哈哈，歐文還太小了。」宿舍裡一位比較年長的室友大笑著拍拍歐文的肩膀，他之所以和歐文同一棟宿舍，據說是因為留級了兩年，「他還是那種覺得關係最好的女生最漂亮

的年齡，你們不要為難歐文！」

一聽最年長的室友這麼說，其他人頓時有了種比歐文年長成熟的感覺，立刻腰不彎了，背挺直了，身體彷彿也變得高大起來。他們不約而同露出「大人才有的表情」，同時用「大家都懂」的語調嘿嘿嘿起來。

迪恩捶了一下傑瑞的肩膀，說道：「所以呢？真的是瑪格麗特？行啊你！」

傑瑞憨厚的撓頭，頭幾乎埋到胸口，「不不不，是南茜，南茜．貝克。」

迪恩疑惑，「……誰？」

宿舍裡有個學生也是魔法師，導師和南茜一樣是希勒里教授，他道：「我知道，是我們魔法系的學生，擅長用火的……呃，個性也挺火爆的。」

「很漂亮？」迪恩又問。

「呃，還可以，但跟瑪格麗特比的話，就……」

迪恩立刻用被欺騙了一般的目光譴責的看著傑瑞。

傑瑞急了，辯解道：「南茜她人很爽朗，又精神！她在風中把髮絲別到耳後的樣子很、很漂亮的……」

「得了吧。」迪恩明顯不信的翻了個白眼，「我對她可是一點印象都沒有，可見長得很普通嘛。」

「你、你閉嘴！」傑瑞氣惱起來，舉起拳頭就要去打迪恩。

傑瑞是強力量型，且是整棟宿舍裡塊頭最大的，掄起拳頭說不定能在地板上砸個坑。

相比之下迪恩就比較瘦小了，他完全沒想到這句普通的話能激怒好脾氣的傑瑞到這個地步，連忙咋舌後退，跳出傑瑞的攻擊範圍。

「有、有話好好說嘛！」迪恩道，「大家都是室友，幹嘛為了女孩子打來打去……你說是吧，奧利弗？」

迪恩和奧利弗雖然總吵架，但他們卻是相當好的朋友，從小一起長大的，鬥嘴歸鬥嘴，真的開戰了肯定統一站在同一條戰線上。

迪恩本以為奧利弗這次也會和先前一樣支持他，誰知奧利弗竟然看起來很心不在焉，根本沒聽他說話。

「喂，奧利弗，我問你是吧？」迪恩奇怪的又催促了一遍。

「嗯？嗯……」奧利弗這才抬頭，迷茫的點了點頭，隨即又恢復神遊狀態。

見奧利弗走神走得這麼厲害，迪恩也沒心情和傑瑞吵了，這場對話只好在不太愉快的氣氛中結束。

歐文還在考慮為什麼其他人都感覺不到菲莉亞的可愛這個問題，見散夥了，連忙往自己的房間走去，想在安靜的地方繼續思考。誰知，奧利弗卻一把拉住了他。

「那、那個，歐文，你現在有空嗎？」奧利弗難得說話有些期期艾艾。

「怎麼了嗎？」歐文微微皺眉，他正趕著去思考問題。

「我、我有些話想問你。」奧利弗說，「你、你能跟我出來一下嗎？」

「怎麼了，奧利弗？」迪恩熱心的湊上去，「我也可以幫忙啊！」

「不不不。」奧利弗忽然連連擺手，「抱歉，迪恩，我只想和歐文談談。」

——等等，為什麼是歐文？我們才是最好的朋友吧？！

聽到奧利弗的話，迪恩感覺自己胸口有什麼東西碎掉了。他們從小無話不談，奧利弗從來沒有任何事把他排除在外過，從來沒有！

歐文也感到奇怪，他在學院裡和誰都保持著良好的關係，但不覺得和奧利弗的關係有特別好。

不過……

不想和室友有任何矛盾，歐文按捺住心底隱隱的不耐煩，點了點頭，「那好吧。」

他們到的「外面」，是宿舍區的一片小樹林。

和學院森林不同，這裡並沒有會攻擊人的猛獸，只是個普通的觀賞性質的公園，也設有鍛鍊場，可以讓學生們在閒暇時自己練習。

在這個公園中，景色最好的地方莫過於樹林中央的湖泊，歷屆的學生們都叫它月光湖。湖泊的旁邊有兩棵巨大的毛櫸樹，夏天樹葉相當茂盛，它們相偎相依的種在一起，因此被稱為情人樹，天氣熱的時候會有不少學生在這裡乘涼，當然也有不少學生會在這裡表白或約會。

冬季的天總是黑得早，樹蔭使奧利弗的身影變得隱隱約約。

月光灑在鏡子一般的湖面上，皎潔的白光順著水波蔓延到湖的周邊，使它流露著浪漫的光影。

奧利弗站在歐文的前面，他比歐文大一歲多，剛進入生長期，幾個月裡身高就拉得很修長，再加上平時作為重劍士的鍛鍊，他的身材矯健，布著均勻的肌肉；膚色在今年夏天被曬成小麥色，充滿精神和力量。

此刻，奧利弗的臉頰在昏暗中泛著微弱的紅光，歐文頓時有了一種極不好的預感。

終於，奧利弗在艱難的心理鬥爭之後鼓起勇氣開口了：「那個，歐文……你……為什麼會在剛才回答最漂亮的是菲莉亞？你、你……是不是……是不是喜歡她？」

「沒有！」

這是繼親爹大魔王之後第二個問他這個問題的人了，歐文幾乎是條件反射的就做出了回答。然而，在他答完後，心裡忽然咯登一下，某種不好的預感變得更強烈。

果然，奧利弗立即表現出鬆了口氣的樣子，眼睛剎那間亮了起來。

「太、太好了！」奧利弗激動的握住歐文的手，「不，不，我是說，那個……其、其實我……你知道，我一直和菲莉亞一起上尼爾森教授的課。我完全理解你會認為菲莉亞最可愛，我完全理解！」

他話說得語無倫次，而歐文那種不好的感覺則又重了幾分。

只聽奧利弗繼續說道：「菲莉亞她個性溫柔，又很努力……你知道嗎？她臉頰旁邊有一縷頭髮比別的短一點，有時候會掛在臉上，真的……真的太可愛了……呃，抱歉，你明白我在說什麼嗎？我情緒有點激動……你知道，我、我……其實我一直喜歡菲莉亞！」

歐文：「……」

——不用你告訴我這種事！

——不我當然知道菲莉亞臉頰邊有一縷頭髮短一點！我當然知道！

——你怎麼敢和我比對菲莉亞的瞭解？你知道她頭頂的髮色比末梢深嗎混蛋！

歐文也不知道自己為什麼這麼激動，反正他就是突然覺得對奧利弗不爽了，想要往他那張俊臉上揍。

然而因為天色太黑，奧利弗情緒又比較失控，他並沒有注意到歐文僵硬的表情，而是繼續說道：「我、我很清楚你和菲莉亞是好朋友！但、但我們也是朋友對吧？所以歐文，你、

你人這麼好，你一定會幫我的，對吧？」

「……」

一陣沉默。

等歐文反應過來的時候，奧利弗已經被他扔出去的冰球砸暈躺在地上了。

看著奧利弗一動不動的身體，歐文這才發現自己已經一身冷汗，他握著魔杖的手仍然在微微的顫抖，他的呼吸並不是依靠鼻子，而是依靠嘴——他正在緊張的喘息著，胸口大幅度的在起伏。

歐文十分後悔，他從來沒有想在學校裡主動攻擊人類，可是剛才的行動卻快過思想，在他甚至沒弄清楚自己在想什麼之前，身體就自動做出了判斷。

奧利弗並沒有什麼大礙，只是頭上被砸了個大包。畢竟歐文並不是為了殺死他才丟出魔法，下手不是很重，而對方本身又是個身強力壯的勇者候補。

歐文小心翼翼的把奧利弗從地上扶起來——不得不說，奧利弗相當沉，所以光是這個動作就費了歐文好多工夫。

等他好不容易把自己這個倒楣的室友扶到其中一棵毛櫸樹的樹幹上靠好，他的一身冷汗早已變成了滿頭熱汗。

不一會兒，奧利弗緩緩的醒過來，「嘶……呃，歐文，你怎麼在這裡？」他吃痛的撐起

僵硬的身體。

「……是你叫我出來的，說有事情找我談。」歐文表情微妙的回答，「你過來後就在這裡沉默的坐著，結果睡著了。」

歐文對自己隨口扯的謊感到些許心虛，因此視線躲閃，不敢直視奧利弗的眼睛。

奧利弗卻沒有懷疑歐文的話，他只是對自己無禮的所作所為感到吃驚，「什麼！我竟然做了這種事！真是對不起，歐文。讓我想想我找你是要做什麼來著……呃，說起來我的頭怎麼好像隱隱作痛……」

奧利弗伸手去摸頭上被砸出包的地方，手指剛一觸到腫塊，就痛得倒抽一口冷氣。

其實趁奧利弗還沒醒的時候，歐文就用魔法造了些冰替他的腫包冰敷過了，然而現在看來效果並不怎麼樣。

歐文只好繼續圓謊：「你睡著的時候忽然失去平衡，就摔在地上了……這個包是那個時候砸的。抱歉，我當時在發呆，沒有及時拉住你。」

奧利弗震驚了——自己竟然這樣都沒醒！

果然是因為最近學業這麼辛苦還要熬夜想菲莉亞太累了嗎……不不不，現在不是考慮這個的時候。他這麼失禮，歐文卻完全沒有生氣的樣子！他的灰眼睛裡滿滿的都是真誠和關懷啊！多麼溫柔，多麼體貼！真是個好人，真是個好室友啊！

奧利弗特別感動，但這種情緒並沒有持續太久。

既然想起菲莉亞，又看到歐文，他差不多就把要問的事記起來了……難怪他之前會沉默的坐著以致睡著，這件事實在太難開口啊！

奧利弗扭捏了一會兒，最後還是問道：「那、那個，歐文，我是想問你……咳，你之前說你覺得菲莉亞最可愛，是、是因為你喜歡菲莉亞嗎？」

歐文：「……」

知道接下來的內容是什麼之後，他一點都不想回答這個問題了怎麼辦？

從歐文深沉而複雜的眼神中，奧利弗彷彿感悟到了什麼。

「呃，難、難道你已經看出來了嗎？」奧利弗尷尬的抓了抓後腦杓，「其實，其實我、我也……」

「你見過菲莉亞戴的那條兔子項鍊嗎？」歐文打斷了他的話。

「當然，你說的是她上次雪冬節過完時戴過一次的那條吧？」儘管不解，奧利弗還是回答了這個問題，他甚至自豪的挺胸，「我記憶力還是不錯的，尤其是關於菲莉亞的事……她是很少戴裝飾品的，所以那次她戴項鍊我一下就注意到了。那條項鍊很漂亮，很合適她。」

「那是卡斯爾．約克森送的。」

歐文面無表情說出來的一句話，讓奧利弗所有的笑容都僵在了臉上。

「卡、卡斯爾．約克森？是、是那個卡斯爾．約克森？三年級的那個、那個……」奧利弗的聲音有點發抖。

「對。」歐文肯定的點點頭，「那個主修兩個專業、選修三種武器的紅……紅頭髮的學長，現在正在精靈之森訓練，所以不在學校裡。」

事實上，歐文對自己不得不拿出卡斯爾來做擋箭牌感到很煩躁，煩躁到他簡直開始生自己的氣。

為什麼他非要把菲莉亞和卡斯爾聯繫在一起？明明他才是菲莉亞最好的朋友！

從某種意義上承認討厭的對手比自己強已經糟透了，然而更令歐文覺得惱火的是，「卡斯爾」這個名字的效果相當好。

奧利弗似乎立刻被鎮住，他張著嘴巴整整呆愣幾十秒。

如果說冬波利學院裡能有哪個學生讓人一聽名字就熄滅所有與他為敵的心思，這個人一定是卡斯爾．約克森。

奧利弗敢和與他家境、天賦、長相都相差無幾的迪恩每日吵到天翻地覆，但如果將對面的人換成卡斯爾的話，他會迅速的偃旗息鼓。

在奧利弗好不容易將下巴合到原來位置時，他整個人都激動得抖了起來，「等等，這、這麼說的話，我和卡斯爾的品味是一樣的囉？！」

「呃……」

奧利弗的情緒和想像中偏差太大，歐文有些反應不過來。

「神啊，這太棒了！」奧利弗無比激動的說道，「我現在就要回去寫信給我爸媽，告訴他們我竟然和那個卡斯爾．約克森喜歡上了同一個女孩子！歐文，你能想像到這個世界上還有什麼比這件事更令人高興嗎！」

被抓住肩膀拚命搖的歐文：「……」

——我真的不懂人類。

「謝謝你告訴我這個消息，歐文！謝謝你！這個消息實在太好了！」奧利弗的神情燦爛的放光，「我真不知怎麼感謝你才好……其實我也覺得菲莉亞應該不喜歡我，不過對方是卡斯爾的話……那就沒辦法了！」

——所以說對手是我，你就覺得還有機會一試了嗎？

歐文覺得心裡悶得慌。

「……你不準備再試試嗎？萬一菲莉亞會喜歡你呢？」歐文忍不住問道，哪怕這個假設讓他的胸口一陣痛苦，「畢竟……她只不過是收下一條項鍊而已。」

「沒可能的，別開玩笑了。那可是卡斯爾啊！」奧利弗雙手背在身後，口氣雖然無奈，卻斬釘截鐵的說道：「誰能鬥得過卡斯爾？他是完美的！唉……我只要有生之年能達到他一

半的成就就滿足了。你聽說過嗎？卡斯爾他去年打敗一個試圖挑釁他的六年級生！六年級生啊！也就是說，卡斯爾現在已經超過畢業生的水準了！」

奧利弗頓了頓，繼續說道：「能夠親眼見識一個奇蹟的誕生，你難道不覺得很興奮嗎？嘿，其實我目前最大的理想就是畢業後能加入卡斯爾的勇者團隊……那樣的話，說不定也能和卡斯爾一起名留青史。哈哈哈，現在看來是時候放棄菲莉亞了，但和卡斯爾一起殺死魔王的夢想，我是不會放棄的！你說，等菲莉亞和卡斯爾結婚之後，她會不會偶爾想起我？」

儘管歐文的本意就是要滅掉一個情敵……不不不，不對，是滅掉一個對他的好朋友心懷不軌的傢伙，但看到奧利弗如此輕易的就被滅掉了，不僅不傷心還相當高興的樣子，他反而覺得十分詭異。

「你怎麼會覺得菲莉亞和卡斯爾一定會結婚？」歐文忍不住皺起眉頭。

「這不是顯而易見的？難道菲莉亞會拒絕卡斯爾嗎？」奧利弗奇怪的看著歐文，「卡斯爾是個不錯的傢伙，菲莉亞個性溫柔，我覺得他們一輩子都不會有爭吵……還是說你覺得菲莉亞的出身會有問題？別擔心，約克森家不是那麼看重門第的家族，我見過他們，他們很開放的。要說注重門第的話，威廉森家還比較重視一點。」

奧利弗同樣出生於王城的貴族家庭，他說的資訊具有很高的可信度。

於是，歐文變得更煩躁了。

——為什麼不看重門第！給我看重啊混蛋！

沒有注意到歐文奇怪的臉色，奧利弗伸了個懶腰，舒展自己莫名痠痛的身體，一邊舒服的嘆了口氣，一邊說：「抱歉啦，歐文，讓你這麼冷的天還陪我到這裡，我們回去吧。咳，我還沒和迪恩說過這件事呢，還得跟他說說。哈哈哈，你看到我把你叫出來時，迪恩那傢伙的表情了嗎？」

歐文胡亂的點頭，此時再讓他有心情和奧利弗開玩笑，並不是件容易的事。

就在他一邊低頭跟著奧利弗往宿舍走，一邊分神思考菲莉亞的事時，一陣冷風忽然從西方吹來，歐文的金髮被吹得在空中張牙舞爪。

「天吶，這是什麼！」奧利弗摸了一下自己的鼻子，並從上面弄下來一塊冰晶，只是它剛一觸及奧利弗的體溫，就緩緩的融化成一滴小小的水珠，「下雪了！歐文，總算下雪了！雪冬節！萬歲，是雪冬節！」

「嗯。」

歐文隨意的應了一聲，完全沒有他的興奮，反正雪冬節對他來說除了不用上課以外，和平時沒什麼不同。

「嘿，歐文，你知道嗎？二年級的雪冬節過後就是家長會了。」走在前頭的奧利弗自顧自的說道：「我是聽我表哥說的，他從冬波利畢業有好幾年了。因為我們明年要去精靈之森

冒險，有一定的危險性，所以學校得提前和家長做好溝通工作。家長會邀請函大概趁雪冬節這幾天就會發出去了。我想我家來的人會是我爸吧，你呢，歐文？」

▶◇◀◎▶◇◀

——家長會是什麼鬼！！！

奧利弗說完這個爆炸性的大消息後，就拍拍屁股回王城老家了，留下歐文一個人在宿舍裡崩潰。

雖然去精靈之森這種危險的地方之前，先跟家長打個招呼所以要開家長會聽上去還挺合理的，但他的父母……

歐文想到自家的爸爸就感到一陣頭痛。

冬波利有不少學生都是出生勇者世家的，也就是說有不少同學的父母都是……呃，殺魔英雄。要把一隻毫無緊張感的魔王放到這麼一大群凶殘的人類中間，怎麼想都不是個好主意的樣子。

其實自從上一任那位行為激進、暴力傾向明顯的魔王死後，海波里恩和艾斯就處於難得的「和平期」，相對來說，進入艾斯攻擊魔族的勇者數量是有減少的。

本來勇者工作的目標並不只是對付魔王，還有對抗狂暴的野獸、變異的魔獸，或者清理強盜團之類的，除少部分擔任國家公職的勇者以外，大部分勇者都是靠接受傭兵任務過活的。可是因為長期以來的敵對關係，以及擊敗魔族中有頭有臉人物的勇者都能在王城獲得較高的地位，所以勇者們還是將魔王視作最大的敵人，擊倒魔王則是最大的榮耀。

卡斯爾的父親，就是最近一位擊殺魔王的勇者，而且也是目前成功殺死魔王的勇者中唯一在世的。

海波里恩和艾斯的官方宣布休戰，可不意味著仇恨能得到化解。實際上，兩國的邊境依舊衝突不斷，不管是人類還是魔族都對對方抱有偏見。反正大陸上只剩下兩個國家了，他們根本不必考慮自己的舉動會不會有損明面上的道義。

從目前的舉措來看，海波里恩甚至相當支持勇者們自動自發的侵入艾斯這個魔國。當然了，艾斯也對自己的國民闖入海波里恩的行為沒有任何限制，兩國之間的邊境模糊不清，關係自然不可能友好。

總之，把魔王放進勇者學校來，怎麼看都很不對勁就是了。

可問題是，怎麼想他爸爸那傢伙都會超開心的跑過來啊！

想到他爹那天真無邪的表情，歐文就不得不痛苦的把腦袋往枕頭上重重的砸。

想了想，他還是決定先下手為強，提前把事態的嚴重性彙報給最後的王牌！

在歐文看來，如果這個世界上還有誰能阻擋一個智商下線的大魔王的話，那絕不會是海波里恩的任何一個強大的勇者。

能阻止魔王伊斯梅爾．黑迪斯的傢伙，這個世界上只有一個——

魔后，塞莉斯廷．斯托克。

和人類不同，魔族並沒有夫妻結婚就要同姓氏的習俗，在以魔法為主要鬥爭方式的情況下，女性在生理力量上的弱勢就顯得無關緊要了。

艾斯的歷史上，魔族女王出現的次數並不比男性魔王少。在魔族婚姻中，如果有一方改姓的話，通常是出於提高自身地位的需要，地位較低的一方，會將姓氏改為社會階層較高一方的姓氏，以此來擺脫舊的階級。

魔后塞莉斯廷出生於相當顯赫的魔族貴族家庭，本身也是魔力強大的魔族女性，因此哪怕她的結婚對象是個魔王，也不足以讓她獲得充足更改姓氏的動力，至今都保持著族姓。

在母親無疑比爸爸可靠得多的情況下，歐文最終還是決定寫信給媽媽，讓她來處理這件頗為棘手的事。

▶◇◀◎▶◇◀

雪冬節開始後幾天，菲莉亞也終於從學校那裡收到即將召開家長會的官方通知。家長會的時間將會安排在二年級學年考試結束之後，即是說，今年的學生成績會在家長會上順便發表。

和歐文擔憂的內容不同，菲莉亞更擔心她媽媽能不能從南涥灣及時趕過來，還有……看到這學年的成績，媽媽會不會又一次大發雷霆。

對，菲莉亞認為來參加她家長會的一定是母親。

她在所有家庭聯絡簿上填的地址都是遠在南涥灣的艾麗西亞的家，從這一點上來說，收到邀請函的只能是母親，即使有心想要通知過來比較方便的父親……也有心無力，因為菲莉亞忽然發現她根本不知道羅格朗先生在王國之心的居住地址。

或許羅格朗先生以前是說過的，但對菲莉亞來說，這個地址沒有任何必要，和不存在沒什麼差別，所以她根本沒記住過。

今年的雪冬節比去年熱鬧一些，麗莎和瑪格麗特等王城的居民照例還是回家了，但其他人卻留了下來。

南茜留下來的主要原因是她正處於熱戀之中，貝蒂和凱麗則是今年沒有計畫。她們在十二月三十一日跨年那天晚上一起弄了一頓豐富的晚餐，儘管廚房差點被南茜的火魔法炸掉，但總體來說還算順利。

雪冬節過得很快，二年級的下半學期亦相當短暫，在菲莉亞還沒來得及用功好最後挽救一下她的成績時，期末考試就結束了，相應的，她擔心已久的家長會也終於進入倒數計時的階段。

二年級總共有五十幾名學生，同時意味著會有五十幾位家長來開家長會。學校為這件事已準備了好幾個月，六年級的畢業生空出來的宿舍正好作為臨時招待所來安置家長們。另外一旦有家長到校，管理學校進出的門衛就會及時彙報給學校，讓學生過來找他們，確定沒有錯誤。

菲莉亞接到通知，得知她的家長來了的時候，她才剛剛從床上爬起來，沒有整理的頭髮亂糟糟的翹著，眼睛還帶著疲倦的矇矓。

——媽媽怎麼這麼早就來了？

——難道她是熬夜趕路沒有睡覺嗎？

菲莉亞一邊迷迷糊糊的想著，一邊飛快的穿好衣服，狂奔去校門。

被五月份微涼的春風一吹，菲莉亞總算漸漸清醒過來，還未到校門口，菲莉亞就看見一個瘦長的身影。那個身影帶著並不算很多的行李，孤零零的在門外站著，可即使看不清楚，也莫名給人一種溫和的感覺。

菲莉亞有點吃驚，連忙加快步伐走過去，「哥、哥哥？」

「嗯，是我，菲莉亞。」

馬丁微笑著點頭應聲，順手撫平菲莉亞亂翹著的頭髮。

哥哥比去年暑假見面時更明顯的長高了，十四歲的男孩子已經和小松樹一般挺拔。馬丁並不是時下流行的十分強壯的美男子，但卻有一種格外讓人安心的感覺。

沒想到來的會是哥哥，菲莉亞說不清自己的驚訝和喜悅哪一邊更多。

「媽媽呢？」菲莉亞問道。

「媽媽要看顧麵包店的生意，不太走得開。」馬丁苦笑道：「我的水準還上不了檯面，如果媽媽走開的話，店面就只好暫時關門了。」

菲莉亞家的麵包店其實並沒有多少收入，他們家的主要經濟來源依然是羅格朗先生。但是艾麗西亞小鎮的生活單調無聊，而羅格朗夫人並沒有多少家務要做，又不喜歡和她看不起的那些鄰居聊天，索性藉著開麵包店來打發無聊的時光，後來麵包店就成為羅格朗夫人重要的「事業」了。

「我、我覺得哥哥烤的麵包很好吃！」菲莉亞努力說道，想要安慰眼底隱隱有著沮喪的兄長。

「謝謝妳，菲莉亞。」馬丁笑著摸了摸菲莉亞的頭，「如果客人可以和妳一樣這麼覺得就好了。」

男性家族的住宿全部都安排在西區，菲莉亞邊向馬丁介紹校園裡的環境，邊帶著他往西區走。馬丁很認真的聽著菲莉亞訴說，考察一般仔仔細細打量冬波利的每一個角落。

「到了，哥哥。」菲莉亞拿著門衛給的住宿安排卡，核對了這間宿舍的號碼，然後推門進去。

馬丁跟著妹妹的身後步入房子中，然而，當他看清楚屋內的景象時，動作卻不自覺的稍微一頓。

「瑪格麗特！」菲莉亞驚喜的喊道。

瑪格麗特順著聲音的方向轉過頭，用力擰起眉頭，想看清楚來的是不是菲莉亞。然而並沒有什麼用，她看見的依然只是兩團模糊的影子。

不過……

瑪格麗特使勁瞇了瞇眼睛。

菲莉亞旁邊的那個是她家長嗎？如果是爸爸之類的成年人，好像未免矮了一點……

「菲莉亞。」終於，瑪格麗特放棄用自己的眼睛看世界了。她微微頷首，算作是招呼，然後用手示意了自己身邊高大的男性，對菲莉亞說：「這是我叔叔，邦奇．威廉森。我父親很忙，來不了。叔叔，這位是我的對手，菲莉亞．羅格朗。」

——為、為什麼還是對手！

被瑪格麗特當著家長的面這麼介紹，菲莉亞有種欲哭無淚的感覺……她不會被瑪格麗特的家長當場劇除掉吧？Q□Q

瑪格麗特的叔叔看起來相當嚴肅，他眼神深邃，有個大鼻子，毛髮都是棕紅色，眉毛又深又濃，且留著兩撇鬍子。同時，這個男人一身整整齊齊的正裝，打領帶、穿皮鞋，從頭到腳看起來都相當昂貴，配上一絲不苟的表情，他給人的感覺相當有壓力。

因為瑪格麗特的介紹，他也對菲莉亞稍微點頭。

菲莉亞惶恐的小幅彎腰，「您、您好，我、我是菲莉亞。還、還有我的哥哥，馬丁。」

原來是哥哥。

瑪格麗特恍然大悟。菲莉亞很喜歡她哥哥，她聽她提過好幾次。不過，她哥哥好像年紀也不大，可以當家長嗎？

瑪格麗特只是猶豫了幾秒鐘，就皺著眉對馬丁伸出手，「你好。」

馬丁禮貌的微笑，虛握一秒便鬆開，用剛進入變聲期的少年人聲音回道：「妳好。」

第三章

是對手，也是朋友

幾天後——

是夜，晚春的微風帶著絲絲的暖氣。晴朗的夜空中，星星的光點變得分外清晰，但地上的人影卻反而極為朦朧。

「媽媽。」

「好久不見，在海波里恩過得好嗎，寶貝？」

「……雖然我知道妳說的寶貝不是哄小孩子的那種暱稱，但能不要叫我寶貝嗎……」

「唔……可以。」

「謝謝。走吧，媽媽，我帶妳去招待所。」

▶◇◀◎▶◇◀

等菲莉亞帶著哥哥將冬波利從學校到集市都跑了一遍，家長會的日子終於到了。

冬波利的家長會大概要持續兩天，第一天用來說明三年級生前往精靈之森的注意事項，學生和家長要一起聽，最後由家長簽署同意書，沒有拿到同意書的學生不能前往精靈之森冒險，這一整年只能跟隨二年級學習；同時，他們也不能拿到冬波利學院的畢業證明，六年級結束後只能獲得一張肄業證明。

儘管精靈之森存在一定危險性，但既然將孩子送來了勇者學校，大部分家長還是具有承擔風險的膽量的。

就菲莉亞所知，去年沒有任何一個三年級生被留在學校。

況且，精靈之森在海波里恩的眾多大型森林中，屬於相對安全溫和的一個，適合受過兩年專業訓練的學生進行真實的冒險，至少最近十年之內，冬波利學院並沒有學生因為三年級的冒險課程死亡或者殘疾。當然，受點小傷則是不可避免的。

至於家長會第二天，當然就是發表成績了。不過，既然菲莉亞家來的是哥哥馬丁，她就對發表成績沒有任何擔心了。

哥哥永遠不會罵她，永遠願意保護她。

這是菲莉亞從小就知道的事。

第一天家長會的地點設置在會議大廳，足以容納三百人，所以即使有學生的父母同時到場，裝下所有人也綽綽有餘。

馬丁打量了一下周圍其他家長，他們多半是學生的父母，年齡都在中年以上。冬波利的學生不少都出生於家境優渥的勇者家族、魔法師家族乃至貴族，所以周圍所有人的外表都端正得體，其中還不乏有一看就很強壯的高大之人。

馬丁其實也穿上了他最正式的一套衣服，但十四歲少年的體型畢竟比不上成年人。他牽

著菲莉亞穿梭在人群中，比起家長和孩子，更像是兩個學生。

「抱歉，菲莉亞。」馬丁嘆了口氣，「要是當時讓媽媽聯絡爸爸就好了……」

「怎、怎麼會！」菲莉亞連忙道，「哥、哥哥你來，我很高興的！」

這是實話，一方面菲莉亞確實很想念又是將近一年沒有見面的兄長，另一方面……她並不想讓羅格朗先生見識她的成績單。

儘管這麼說有點奇怪，但事實上，菲莉亞確實和她爸爸不熟。

羅格朗先生從她有記憶起就是個早出晚歸的人，後來變成了一年只回家一、兩次，再後來他只有雪冬節才會從王國之心回來住幾天，不等雪冬節結束就又匆忙的離開。

聽哥哥說，去年爸爸甚至連雪冬節都沒有回家，說是有一件無論如何都不能錯過的大單子，於是只寄來道歉信、雪冬節禮物和一大筆錢，媽媽氣得一天沒有吃飯，還被整天等著看鄰居笑話的波士太太嘲笑了。

父親在家庭中到底是什麼樣的角色呢？

菲莉亞原本並沒有覺得她所習慣的家庭模式有什麼不對的地方，可是前年的雪冬節見識過歐文的爸爸後，菲莉亞忽然有點迷茫了。

歐文的爸爸是個外表相當高大的男人，可是卻相當溫柔。

不僅在雪冬節的時候千里迢迢趕來看歐文、幫他做晚飯、躺在床底下擦地板，還因為她

是歐文的朋友就對她很友善，為她當時的困境提建議，而且事實證明很有用……總、總之，他和歐文一樣都是很好的人。QUQ

菲莉亞不禁有點羨慕歐文。

對菲莉亞來說，只要羅格朗先生願意多回幾次家，不要總讓媽媽傷心，就已經是相當大的驚喜了。

在人群中擠了一會兒，菲莉亞終於找到一個她覺得很不錯的位置，剛要坐下來，就聽見有人在叫她。

「菲莉亞！」歐文的聲音伴隨著驚訝和喜悅，「我找了妳半天，原來妳在這裡！」

歐文的想法是很單純的，既然他是菲莉亞最好的朋友，他們所有一起上的必修課程都坐在一起，那麼理所當然，開家長會的時候也應該坐在一起。

不過，對於自己兒子如此簡單粗暴的想法，站在他身後的魔后不禁揚了揚眉。

——欸嘿，好像很有意思的樣子。難道伊斯梅爾被我塞進衣櫃鎖起來之前最後的遺言是真的，兒子在冬波利果然交了一個人類的小女朋友？

——嗯？等等，這個人類小女孩仔細一看相當可愛嘛……^_^

如果歐文此時願意稍微回頭看一眼的話，就會發現他那尊貴的母親的表情已經變得有點詭異乃至不懷好意了，身為一個非常瞭解自家父母個性的兒子，他此刻應該早早的進入高能

預警狀態，儘快帶著菲莉亞逃離危險地帶。

然而，從看到菲莉亞的第一眼，歐文就滿心滿眼的都是菲莉亞了，從而遺忘自己身邊還站著個媽，於是……不小心錯過她那個昭示著危險的飽含深意的微笑。

「歐、歐文！」菲莉亞趕緊打了個招呼。

她倒是對歐文在家長會上到處找她有點吃驚，她原本以為這種日子歐文肯定更願意和爸爸或媽媽在一起的，畢竟他一看就和父母感情很好。

不過，歐文這樣的舉動，菲莉亞不由得產生一種他們真的是好朋友的感覺，心裡不知不覺便有暖流溫柔的流淌而過。

她拉過馬丁的手，對歐文道：「歐文，這是我哥哥馬丁……哥哥，這是歐文．哈迪斯，我在學校裡最好的朋友，我和你提過的……」

說著，菲莉亞有點臉紅。

其實她並不只是和哥哥提過而已，她長這麼大還沒有過非常要好的朋友，因此簡直時時放在嘴邊說，大概也只有哥哥有這個耐心聽她一遍又一遍重複同一個人的事了。

——菲莉亞提過我！

歐文莫名也有種激動的感覺，但他努力保持著平和鎮定，彷彿覺得一切都很正常一樣，緩緩對馬丁伸出手，「你好，我是歐文．哈迪斯。」

他顯然還沒有意識到，站在他身後的那個魔族女性，是個將他從小養大、洞悉他一舉一動的女人……

此時的魔后：原來如此……^_^

又錯過一個危險 FLAG 的歐文正和菲莉亞的哥哥握完手。雖然他相當——友情意味上的——喜歡菲莉亞，但這並不會使歐文提升對馬丁的基礎好感。就和觀察其他人類一樣，歐文按部就班的觀察了馬丁。

看上去只是個普通的成長期人類少年，比他的室友——除了留級那位——大概都要大一些。如果硬要說什麼特別的話……或許只有他和菲莉亞長得很像。

畢竟是兄妹，馬丁的臉型、髮色、眼睛形狀、五官排布都和菲莉亞有著微妙的相似，就像是兩個畫家對同一樣東西進行臨摹，不可能完全不存在差別，可畢竟是出自同一個模板。

——唔……因為長得像菲莉亞，所以在人類中應該算是長得不錯的男孩吧？

歐文下了一個嚴重充滿主觀意識的判斷。

馬丁倒是對歐文沒有什麼特別的想法，他覺得妹妹在學校裡能有願意照顧她的朋友很不錯，特別是眼前這個年紀尚小的男孩看上去的確是個友善的人。

與此同時，菲莉亞的視線落在了歐文身後的女性身上。

那是個身穿銀色鎧甲的成年女性，不過，雖然穿著一般來說是物理類勇者才會穿著的鎧

甲，她卻在手臂間夾了根魔杖……這個動作和歐文的習慣一模一樣。

菲莉亞的目光漸漸上移，然後，不由得愣住了。

這個可能是歐文母親的女人有著風刃地區標誌性的金髮，頭髮被整齊的修剪到下巴，平直的垂下來，如同陽光下被橫空截斷的瀑布。她無疑長得十分漂亮，有著午夜月光一般的肌膚，還有發亮寶石似的眼眸……

然後，菲莉亞忽然發現對方那雙寶石般的灰眼睛正一動不動凝視著她。

忽然，對方動了起來。

「妳叫菲莉亞，是嗎？」女人的眉眼微微上挑，語調亦比平時壓低了些，帶著某種意味不明的沙啞，「真是可愛的名字。」

歐文這時才想起媽媽就站在他身後，頓時感覺不妙，然而此時想再阻止已經遲了。

女人將右手放在左肩上，左手緩緩執起菲莉亞的手，角度剛好的彎腰，「難怪我今天早上修剪花園的時候，發現玫瑰叢裡的花少了最漂亮的一朵。」

塞莉斯廷．斯托克輕輕的在對方的手背上完成一個吻手禮，然後抬起頭，目光直視有些驚慌的獵物，「原來妳掉在這裡了，我的小玫瑰。」

歐文：「……」

——小玫瑰是什麼鬼！！！！！

——還有妳修剪個什麼鬼花園！別以為我不知道妳連澆水都懶得拿壺！！家裡難道沒有花匠嗎！！！話說妳根本不知道我們家的玫瑰有幾朵吧！！！

歐文的腦子裡在一剎那就布滿了吐槽，簡直人都要崩壞了，他衝過去將菲莉亞的手從魔后手裡扯出來，下意識的將菲莉亞護在身後。

魔后輕輕揚眉，無所謂的聳聳肩。

菲莉亞其實還沒弄清楚到底發生了什麼。

——好、好奇怪，明明不明白怎麼回事，但我的臉為什麼這麼燙？

歐文難得敵視的瞪著魔后：「妳在幹嘛？！」

「那麼緊張做什麼？」塞莉斯廷聳了聳肩，「我只不過是打個招呼而已。」

說完，她將視線從歐文身上移開，重新看向菲莉亞，問道：「抱歉，妳是不習慣我們家鄉打招呼的方式嗎？」

原、原來是歐文家鄉打招呼的方式啊！菲莉亞鬆了口氣，搖搖頭回答：「還、還好。」沒有心理準備稍微嚇了一跳而已。QAQ

旁邊略微吃了一驚的馬丁同樣感到一陣輕鬆。

——也對……冬波利學生的母親沒道理會對菲莉亞做什麼吧……菲莉亞年紀還這麼小，對方又是個女人……說是地方習俗就說得通了。果然，剛剛有一瞬間覺得妹妹被調戲應該只

是錯覺而已。

歐文：＝＝

——我怎麼不記得我們家鄉有這種打招呼的方式，偽裝的家鄉風刃地區好像也沒有，這樣胡扯真的不怕穿幫嗎？媽媽，想不到妳也是這麼不可靠的人。

歐文有那麼幾秒鐘後悔寫信讓媽媽來參加家長會了，雖然爸爸的舉動有時候確實很讓人擔憂，可至少不會像媽媽一樣遍地調戲美少女。

據說塞莉斯廷在結婚後已經收斂很多。聽外祖母講，以前家裡每年都有新來的女僕宣稱自己懷了塞莉斯廷的孩子，以至於外祖母每次看到他這個外孫，都要摸著他的頭感慨塞莉斯廷竟然願意結婚，還生了孩子，真是太好了，她還以為塞莉斯廷遲早會被愛極生恨的少女們圍毆而死呢。

歐文卻越想越覺得意難平。

——她竟然那！麼！自！然！的吻了菲莉亞的手背！我都沒有吻過！

——不不不，我並不是想吻菲莉亞的手背，只是單純覺得不公平而已！不公平！

就在歐文一邊否定自己，一邊用鄙視的目光瞪著她的時候，魔后一本正經的在做自我介紹了，「我是歐文的母親，你們可以稱呼我為……哈迪斯夫人。」

聽到她這麼說，歐文終於鬆了口氣。

魔后遵循了人類的文化，讓別人根據丈夫的姓氏來稱呼她夫人。儘管不知道自家媽媽的內心到底怎麼對人類這種習俗嗤之以鼻的吐口水，但至少表面上，她的微笑面具相當完整，無懈可擊，彷彿這種稱呼方法完全不奇怪。

「您好，哈迪斯夫人。」馬丁微笑的伸出手，普通的向魔后打招呼。

魔后輕輕的回握了一下。

見自家母親沒有再做出奇怪舉動的意思，歐文終於收回懷疑的視線，放心入座。

家長會會場陸續被家長們坐滿，這次家長會不只有勇者專業的人參加，連輔助類的學生和他們的家人也全部在場。

菲莉亞環顧四周，一下子就找到了瑪格麗特那頭特別漂亮醒目的酒紅色頭髮，但瑪格麗特正眉頭緊鎖一臉嚴肅的坐在該處，姿勢僵硬，顯然沒有看見她。

——啊……也不能指望她能看見自己啊……QAQ

「妳在看什麼？」忽然，身邊的哥哥開口問道。

「瑪格麗特在那裡。你知道的，我、我之前向你介紹過。」菲莉亞越說聲音越小，因為瑪格麗特堅持她是對手，所以菲莉亞不確定將她說成自己的朋友是否合適，「她、她其實人很好的，在學校幫我解圍過好幾次……」

菲莉亞並沒有將自己在宿舍裡的遭遇告訴過哥哥或者母親，她不想讓他們太擔心自己，

所以此時有點難以解釋細節，只好含糊帶過。

幸好哥哥並沒有太在意這些具體內容，他只是輕輕的笑了笑，抬手摸菲莉亞的腦袋，說道：「我知道。而且我相信妳的判斷，菲莉亞。」

沒過一會兒，漢娜教授帶著一疊文件走到了演講臺上，她身後跟著查德教授。

家長會大概要正式開始了，菲莉亞連忙規規矩矩的坐好，原本正在說話的其他家長和學生也紛紛安靜下來。

今天的主要主題是下學期前往精靈之森的事，查德教授揮了揮魔杖，一幅閃著螢光的巨大地圖就在雪白的牆面上鋪開。

「是精靈之森的地圖。」歐文湊到菲莉亞的耳邊小聲說道，「我之前在圖書館裡看過這幅地圖。」

不過，現在呈現在學生和家長眼前的這幅地圖，無疑比歐文在風刃地區圖書館看到的地理圖冊詳細更多，上面不僅清晰的表明了各種等級的野獸棲息地，還有以後一整年他們的行進路線和計畫，不同時期的安排都用不同顏色的線條和字跡進行標注。

漢娜推了推鼻梁上的眼鏡，清了清嗓子，沉穩的張口道：「接下來一整年，我們將安排三年級的所有學生去精靈之森進行一次真正的冒險。相信各位家長對這些多少已經有了一些

瞭解，同時也知道，這一次冒險並不是完全沒有危險的。」

歐文的母親懶洋洋的拖著下巴，頗有興趣的「欸」了一聲。菲莉亞則感覺哥哥握著自己的手稍微收緊了一些。

「精靈之森距離冬波利二十公里，和學院森林相連。精靈之森並不完全是森林，裡面有和森林完全融為一體的村莊。這裡是帝國的少數民族精靈一族的主要聚居地，精靈居民的數量大概在兩萬人左右，他們全部居住在精靈之森的中心地帶，也就是精靈族的母樹附近。」

漢娜教授面無表情的說出一大堆關於精靈族和母樹的關係，還有精靈族的習性之類的。大意基本上就是這是一個很和平的種族，而且已經完全融入了海波里恩帝國，不具備任何危險性。

同時冬波利學院和精靈族合作已久，他們願意友好的為學生提供盡可能的幫助，同時也會在學生遇險的情況下全力救助他們。

「全校所有學生將統一在今年九月一日出發，至明年四月二十日結束返回學校。輔助類學生將由學校的教授們護送至精靈族的村莊，並由精靈族安排他們在這一年裡的工作職位；勇者類學生則以每團五到七人的形式，自行前往村莊。我們會為每個團隊安排兩名跟隨的勇者，不過在非必要情況下，他們不會主動出手幫忙。另外……」

漢娜教授用相當平板的語調將精靈之森每個區域的野獸都分析介紹了一遍，證明牠們是

經過兩年專業訓練的少年勇者完全可以對付的之後，她終於停了下來。

查德教授慢悠悠的又揮了一次魔杖。

牆壁上的地圖同時碎裂，一片一片的魔法之光從牆面上滑落，卻又在落地前完全消失，再也找不到蹤跡。

「請同意學生參加精靈之森冒險的家長到這裡來簽字，並且領取注意事項、安排表和地圖。」漢娜教授一推眼鏡，將先前拿著的一大疊文件放到講桌上，「如果選擇更穩妥的留校的話，學生這一年將繼續留在學校跟隨教師們學習，不過除非在日後跟其他年級的學生補上一次冒險，否則畢業時冬波利學院只會頒發肄業證書給留校生。決定參加的學生請自由組成團隊，並在回家前將名單報給我。」

漢娜教授話音剛落，不少家長就已經牽起孩子的手，走到演講臺前準備排隊簽字。

「我們也走吧，哥哥？」菲莉亞小聲的說道。

馬丁握著菲莉亞的手，神情有些猶豫，問道：「……妳確定嗎？菲莉亞，這個冒險有些危險性……我來的路上打聽過，冬波利學院的肄業證書也足以找到不錯的傭兵工作了……」

菲莉亞當然明白哥哥對自己的擔心，畢竟沒有人比家人更清楚她骨子裡的軟弱，尤其是一直保護她的哥哥。

「沒、沒關係的，我已經學習了兩年，變得比以前強多了。」菲莉亞努力使自己的語氣

聽上去更篤定、更讓人信服，「去年尼爾森教授還給了我滿分，對、對吧？」

想到那個滿分，馬丁愣了愣，但仍然顯得遲疑，「那麼團隊成員呢？妳有想要一起組隊的對象嗎？」

「瑪、瑪格麗特應該會願意和我一起……」菲莉亞的脖子不自覺的縮了縮，這是她有點心虛的表現，可她旋即又有信心起來，「還有歐文！歐文，我、我們會在同組的，對吧？」

歐文不自覺的挺了挺胸，內心激動，卻保持著看似冷靜的微笑說道：「沒錯，當然了！我們是最好的朋友，不是嗎？」

魔后：哦？^_^

「還有我和迪恩！」

忽然，奧利弗的聲音從後面傳來，他直接單手撐著椅背，自以為帥氣的逕自翻過兩排座位跳到歐文和菲莉亞中間，「我和菲……咳！我和歐文是室友，還是關係非常好的夥伴！平時就特別有默契！新生入學測驗的時候我們就是一組的，還有菲莉亞，我們配合得相當好！是吧，歐文？」

歐文努力微笑。

——我可以沒有你這種把別人落在洞裡，還對別人的好朋友居心不良的默契夥伴嗎？

迪恩抓抓頭，說道：「既然奧利弗說要和你們一組，我當然沒有意見。」

聽到迪恩這麼說，奧利弗愉快的拍了拍胸口，對馬丁保證道：「放心吧，哥哥！我絕對會好好保護菲莉亞的！就算不是為了我自己，也是為了卡斯爾學長啊！」

歐文的微笑都快僵了。

——(╯`□´)╯┻你叫誰哥哥啊！那是菲莉亞的哥哥吧！你難道沒有自己的哥哥嗎！還有為什麼是為了卡斯爾！

當天晚上，菲莉亞忐忑的向瑪格麗特表達了希望邀請她一起組團參加精靈之森冒險的意願之後，瑪格麗特皺眉了。

「我們是對手。」她簡明扼要的表明了自己的觀點。

「但……也可以是朋友啊。」QAQ

「……既是對手，也是朋友嗎？」瑪格麗特用手指抵住下巴，低著頭陷入了沉思。

菲莉亞的心臟怦怦跳，不安的等待著瑪格麗特的決定。

「好吧，我接受這個想法。是對手，也是朋友。」良久，瑪格麗特才說道，「我和溫妮加入你們。」

——太好了！

菲莉亞終於鬆了口氣，她將團隊目前決定加入的成員名字都報了一遍，但瑪格麗特顯然

聽得心不在焉。

「菲莉亞。」瑪格麗特忽然開口，「妳哥哥……」

「嗯？」菲莉亞有些驚訝大小姐會突然提起她哥哥。

瑪格麗特因為視力不好的關係，非常不喜歡交際，對周圍人不熟悉也不關心，菲莉亞偶爾會擔心她是否真的記全了同班同學的名字。

但瑪格麗特沉默了一會兒，最後卻說道：「算了，沒什麼。」

她低下頭，默默的陷入思考中。先前和菲莉亞的哥哥握手的時候，雖然只有一瞬間，但她的確從那雙手上感到了一種奇異的熟悉。

——明明體型、聲音都不同……

由於視力不佳，瑪格麗特的其他感官都很敏銳，同時，她比其他人更依賴自己的直覺。

而此刻，她卻不由得有些懷疑。

——難道那一剎那的熟悉……會是錯覺嗎？

——馬丁·羅格朗。

——要是能夠仔細看一次他的眼睛就好了。

▶◇◀◎▶◇◀

一夜過去，第二天的家長會是發布成績，菲莉亞難以避免的比前一天要緊張很多。

「別擔心，我不會責怪你的。」馬丁無奈的摸了摸從早晨就一直在抖的菲莉亞的頭，希望藉此安慰她，「要是妳不想的話，我也不告訴媽媽。」

菲莉亞搖了搖頭，「不、不用，沒有關係的，我、我會自己向媽媽道歉的。」

她已經過了相信哥哥什麼都能搞定的年紀了。等回家之後，羅格朗夫人一定會問起她的成績，想要隱瞞的話，哥哥只能用不小心弄丟成績單之類的藉口，並且會將過錯都轉移到自己身上。

明明是她不夠努力才會造成這種局面的，怎麼能讓哥哥來承擔責任？

馬丁又揉了揉菲莉亞的腦袋，這才走進教師辦公室。

菲莉亞一個人在門外度過了不安的十五分鐘。十五分鐘過後，馬丁才從辦公室裡走了出來。見他的表情還是十分溫和，菲莉亞鬆了口氣。

「尼爾森教授誇讚了妳，說妳明明很有天賦，卻依然很努力。」馬丁將剛才在辦公室裡教授對菲莉亞的評價大致複述了一遍，然後將一個信封遞給她，「這是妳今年的成績單，我沒有看，妳想自己先看看嗎？」

菲莉亞緊張的從馬丁手中接過薄薄的信封，因為太過手忙腳亂，不小心將信拆歪了。

理論課的成績仍然不怎麼樣，都在及格線上下徘徊，不過武器實踐課……滿分。

看到尼爾森教授一如既往的給她一個意想不到的高評價，菲莉亞提著的心終於放下……她一直覺得去年的滿分可能是教授手滑打錯，要不就是她看錯名字了。

可是考慮到還有一絲尼爾森教授真的很喜歡她的可能性，菲莉亞特別擔心自己這學期的表現會讓他失望。

哪怕到現在，她扔二十次鐵餅還是總有幾回會砸不到靶上，偶爾還把學校的牆砸爛……菲莉亞並不知道她的教授尼爾森每天都要在辦公室裡炫耀：「不管我把牆加厚多少次，菲莉亞都能準確無比的完全砸爛，她真是個天才！」

在菲莉亞看來，學校竟然沒有來找她要賠償費，真是太好了。QAQ

這時，菲莉亞的視線稍微下移，看到了自己的弓箭輔修課成績……一百分。

菲莉亞忍不住揉了揉眼睛，重新看過去。

還是一百分。

欸？！可、可是，她考試的時候沒有任何一枝箭射中靶心啊？

▶◇◀◎▶◇◀

與此同時，查德教授「砰」的撞開了伊蒂絲教授休息室的門。

「太胡鬧了！伊蒂絲，妳到底在做什……咳咳咳！」

查德教授冷不防的被伊蒂絲休息室中瀰漫的煙氣嗆住，咳嗽了半天，他仍艱難的在令人噁心的香菸味中斥責伊蒂絲。

「妳、妳……咳咳，妳竟然給所有輔修弓箭課的學生滿分！妳到底在想……咳咳咳，妳到底在想什麼，伊蒂絲！」

伊蒂絲懶洋洋的側過臉，她掃了眼查德，纖細的手指一抖，菸灰便掉在地上，「有什麼問題嗎？」

查德被她漫不經心的語氣激怒，雙手用力的拍在伊蒂絲的桌上，然而伊蒂絲立刻對著他的臉吐了一口煙，查德嗆得幾乎說不出話來。

伊蒂絲道：「他們選我的課只不過是想修夠學分而已。難道你指望那群笨蛋能從每週只有一個上午的課裡學到什麼本事嗎？有個漂亮的成績單回去應付家長不是很不錯？我不用考慮他們的實際狀況也比較輕鬆……大家都得益，有什麼不好？」

查德一時啞然，他竟然被伊蒂絲的邏輯帶進去了。

幾秒鐘後，他才吼道：「學生們學不到東西，是因為妳什麼都不教他們！妳有臉說妳上

課都在幹什麼嗎！」

伊蒂絲用指甲撥了撥捲髮，毫無愧疚的回答：「睡覺啊。」

「……」查德簡直被伊蒂絲的臉皮厚度驚到了。

「把妳的成績都撤回來，重新按照實際評估！然後向所有選修了妳的課的學生和他們的家長道歉！」

查德迫使自己從極端憤怒的狀況下冷靜下來，他深呼吸一口氣，閉上眼睛不看衣著暴露且招人煩的伊蒂絲，「聽著，基本上所有的家長都還沒有離開，立刻撤回成績是來得及的，妳現在馬上……唔！」

突然，查德睜大眼睛，死死的瞪著伊蒂絲。

伊蒂絲不知什麼時候站了起來，手肘撐在桌面上，雙手托著腮，從下往上仰視他，柔軟的舌頭有意無意滑過鮮豔的紅脣，輕輕舔舐著。

這個動作無疑在提醒查德，剛才他嘴脣上被貼上了一個觸感很不一樣的東西，而且因為他正在說話，牙關毫無防備，似乎還有什麼帶著菸草味的物體和舌頭糾纏了一下……

縱然冷靜刻板如查德，也不由得在沉默中孕育著一次爆發……

伊蒂絲倒是顯得很無所謂，她瞇起眼睛，再次輕舔一下嘴脣，緩緩道：「還想繼續說下去嗎？我有一萬多種方法讓囉嗦的男人閉嘴……」

忽然，伊蒂絲笑了笑，查德震驚的樣子似乎取悅了她。

「你不會是初吻吧？嗯？」

她微微揚起脖子，將嘴脣湊到渾身僵硬的查德的耳垂邊，故意把夾雜煙味的溫熱氣息往他耳朵裡吐。

伊蒂絲輕笑一聲，剩下的話一字一頓、口齒清晰的說了出來——

「我說得對嗎？老、處、男。」

第四章 瑪格麗特的那個「他」是……

八月底，過完暑假重新返回學校，準備前往精靈之森參加試煉的菲莉亞，在新學年開始聽到的第一個消息，就是伊蒂絲教授和查德教授因為私人恩怨，在校內鬥毆並炸掉一間休息室、損壞大量公物，不得不雙雙接受處分。

這個處分是，他們必須一起滾去精靈之森，和學生一塊在那種遠離人類社會的環境下艱苦生活，並為他們提供幫助。而他們原本在負責的學生，就交給正在指導高年級生的同學科教師來教授；作為補償，下一年他們要帶比往常多一倍的學生，好讓替他們上課的教授們放個假。

據說漢娜教授的本來意圖是希望查德和伊蒂絲能藉機冰釋前嫌，從此和睦相處，但就菲莉亞的觀察，或許漢娜教授的美好願望是難以實現了……

伊蒂絲教授和查德教授之間，連外人都能看到劈里啪啦的可怕火光不斷冒出……好、好可怕……菲莉亞不敢再看那電閃雷鳴的恐怖景象，縮著脖子移開視線，立刻眼前一亮，「歐文！」

歐文本來就遠遠的先看見了菲莉亞，見她一發現自己就高興的揮手，眉眼彎彎、嘴角彎彎、臉頰紅撲撲的模樣，讓他心裡不由得一暖。

菲莉亞很可愛，尤其幾個月沒見面，她更可愛了。

但覺得她可愛的人好像也變多了……想到這，歐文心臟忽然一沉，再面對菲莉亞單純的

笑臉，他不禁有種呼吸不暢的感覺。

又等了一會兒，和他們一同組團的人都陸續到達。

先是瑪格麗特和溫妮，接下來迪恩和奧利弗也勾肩搭背的來了。

在學院森林聚集的人漸漸多了起來，因為不只是勇者類的學生，輔助類的學生也要參加冒險，所以場面比平時要壯觀得多。

漢娜教授推了推眼鏡，冷著臉點完名，確定所有人都到了後，說道：「我們給每個隊伍都僱傭了兩名勇者進行隨行保護，你們這一學年的成績將由隨行勇者和當地的精靈共同評分。希望大家接下來一年都不要鬆懈，爭取提高自己的水準，早日成為獨當一面的勇者。」

交代完，漢娜將所有學生交給被處罰的伊蒂絲和查德，查德被迫和伊蒂絲站在一起，他努力按捺怒火，伊蒂絲則一臉無所謂。

所有隊伍都對自己的隨行勇者翹首以盼。

在看到自己隊伍隨行勇者中的一員時，歐文竟然不覺得生氣，反而有種「果然如此」的感覺。

——應該說不愧是宿命的敵人嗎？又見面了，卡斯爾．約克森。

歐文默默地打量他，推了推鼻梁上的平光眼鏡。

和歐文的淡然甚至有點厭煩的反應不一樣，奧利弗簡直興奮得要在地上打滾了，迪恩也

露出激動之色。

菲莉亞對卡斯爾竟然是他們的隨行勇者感到緊張又尊敬，畢竟學校僱傭的都是經過勇者協會認證過的勇者……雖然考慮到精靈之森的危險性不高，所以僱傭的勇者都是信譽高但星級不高的那種，可是……

勇者協會的認證並不侷限於年齡或學歷，因此偶爾的確會跑出一些十幾歲的年輕天才。不過，像這樣近距離切切實實的看著一個尚未畢業就成為正式勇者的學長，而且還是認識的人，菲莉亞仍然有種不可思議的感覺。

四年級的確是要在校外實習一年，可是能夠接到冬波利學院的工作，還是很厲害呢！

卡斯爾看見她，爽朗的笑起來，露出虎牙，「喲。」

菲莉亞勉強打了個招呼，連忙去看瑪格麗特和溫妮。

溫妮已經完全傻了，呆看著卡斯爾，一隻手狂拍瑪格麗特的背。瑪格麗特的視線朝著卡斯爾的方向，深深的皺起眉頭。

▶◇◀◎▶◇◀

精靈之森和學院森林相連，輔助類的學生們坐著馬車，在伊蒂絲和查德兩位教授的護送

下率先離開，勇者類的學生們則各自扛著大包小包和武器徒步上路。

儘管精靈之森和冬波利之間的距離說起來只有區區二十公里，不過這是在直徑橫穿學院森林的情況下。學院森林的深處養殖著大量猛獸，要直接橫穿是很困難的，所有勇者團隊都不得不繞路，因此若要完全穿過學院森林大概就需要兩、三天的時間，而進入精靈之森後情況會更糟糕。

精靈之森倒是沒什麼特別可怕稀有的凶獸，裡面的猛獸理論上來說，在學生們齊心協力又有職業勇者幫助的情況下都能應對，但精靈之森的面積特別大，寬度是學院森林的十倍，長度更是二十倍有餘。

「我們去年來的時候，運氣最不好的隊伍一直到十一月才抵達，他們迷路了。」卡斯爾友好的向他們介紹去年的事，「不過大部分還是能在九月底按時到達營地的，你們不需要太擔心，這一年不會太糟糕的……唔，我覺得精靈的伙食挺有意思的。」

卡斯爾說著說著笑了起來，陽光彷彿自動自發的穿過密林，打在了他身上。

迪恩和奧利弗兩人近乎虔誠的聽著從卡斯爾嘴裡說出來的每一句話，迪恩迫不及待的問道：「森林裡的醫生怎麼樣？要是受傷的話，會很嚴重嗎？還有我們的武器需要維護的時候怎麼辦？你知道，我的寶劍不可能連續用一年都不去修一修……萬一它斷了呢？」

菲莉亞原本和瑪格麗特走在一起，聽到這些和他們將來的生活息息相關的問題，也不得

不豎起耳朵。

卡斯爾勾了勾嘴角，說道：「這就要看你們這一屆輔助類學生的水準了……除非病到萬不得已，否則精靈們是不會出手救治的，一般小傷都會交給醫學和藥學的學生負責。至於武器，絕大多數精靈最擅長的都是魔法或弓箭，所以別的武器就很難在森林裡找到了。學校定期會提供一些，可數量不多，武器製造系也會出產一些，只要你信得過他們……普通狀況的話，找裝備維護系的學生就能應付。」

「輔助類的學生？」迪恩的語氣頗不以為然，「那不是笨蛋和殘疾才會修的專業嗎？」

卡斯爾掃了他一眼，這一眼讓迪恩心驚肉跳。

「最優秀的武器大師也是從學徒開始的，就像最強大的勇者也得先練習拿起武器。輔助類是勇者類的後勤命脈，正是因為有他們在後方服務，勇者才能高枕無憂的戰鬥。」卡斯爾淡淡的說，「我知道的輔助類學生都是很優秀的人，他們值得任何程度的尊重。」

聽到卡斯爾這麼說，迪恩明顯感覺到自己說錯了話，他連忙縮縮脖子，不敢再開口了。

菲莉亞忍不住抬頭看了一眼瑪格麗特，她對卡斯爾的話沒有任何反應，仍然挺直背脊，微微皺著眉頭，平視前方的大步走著。

菲莉亞不由得暗暗替她焦急——她還從沒見過瑪格麗特和卡斯爾一起相處，所以此時格外關心他們的狀況。因為這個原因，她甚至放棄和歐文一起走，而選擇站在瑪格麗特旁邊，

順便好在她快被什麼絆倒的時候扶她一把。

然而從進入森林開始，瑪格麗特就沒有和卡斯爾說過一句話。在菲莉亞看來，卡斯爾無疑是被迪恩和奧利弗這兩個腦殘粉纏住了，可卡斯爾本人竟像是沒察覺到什麼不對，十分自然的和兩個男孩子聊天。

——瑪、瑪格麗特可是喜歡你啊！

在她看來，瑪格麗特和卡斯爾相當般配，還有幾年前曾見過面什麼的聽起來也好浪漫的樣子，說不上話真的好可惜，菲莉亞快被他們急哭了。

另一方面，奧利弗其實也快急哭了。他並沒有意識到在別人眼裡他也是滿臉開心崇拜的在和卡斯爾聊天，他一直認為自己明明是潛伏在卡斯爾和迪恩附近機智的觀察。

——迪恩簡直是個傻瓜！蠢貨！讀不懂空氣的笨蛋！你難道看不出卡斯爾超！想！和！菲！莉！亞！說！話！嗎！竟然阻撓卡斯爾談戀愛，這實在太過分了！為了一己私欲就不讓他和菲莉亞說話，無恥！

奧利弗簡直想把迪恩抓到一邊打一頓，把他那顆遲鈍的腦袋按進泥裡清醒一下。不過考慮到在場的人實在太多，他還是按捺住了自己的情緒。

奧利弗憑著一顆不知從哪裡長出來的騎士之心莊嚴發誓，只要他奧利弗．杜恩在這，就絕對不讓迪恩這個傻瓜破壞偶像追妹子！絕對要為他們的戀情保駕護航！

——放心吧，菲莉亞，放心吧，卡斯爾學長！

相較於奧利弗的滿腔熱情，歐文就比較冷靜了。

他雙手揣在口袋裡，沉默的一個人走在隊伍最後，打量著所有人。

——迪恩和奧利弗纏著卡斯爾說話，讓他沒空去找菲莉亞……幹得漂亮！

——菲莉亞頻頻看向卡斯爾又頻頻看向瑪格麗特……呃，菲莉亞在幹什麼？

——溫妮一直在嘰嘰咕咕的和瑪格麗特說話，瑪格麗特卻相當心不在焉的樣子，唔……

「你叫做歐文？」

忽然，一道聲音打斷了歐文的思路。

歐文這才略有些吃驚的抬頭看向站在他身邊的中年男人，他是被學校分配來的跟隨他們的另一個勇者，因為外表很普通又比較沉默寡言，不知不覺竟然沒有注意到他。

——不。

歐文腦海裡某個警惕的聲音否定了他的看法。

或許並不是不知不覺沒有注意到他，而是這個男人不想讓他們輕易的注意到。

歐文從不認為自己是個能被輕鬆的牽著走的魔族，尤其是進入海波里恩之後，他看似和所有學生都輕鬆自若的交往，其實每一天都過得如履薄冰。如果硬要說在什麼時候可以放鬆一下的話，大概只有和菲莉亞單獨在一起的時候。菲莉亞非常的單純，而且她無條件的信任

他，這讓歐文和她在一起時感到安全和舒服。

總之，能輕易被他忽視的人，歐文不得不警覺起來。

「對，我叫歐文．哈迪斯，魔法系三年級生。」

歐文笑著自我介紹，他在腦海中回想了一圈關於這個男人已知的資訊，說道：「接下來可能要麻煩你一陣子了，約翰．史密斯先生。」

連姓名都大眾得一抓一大把，太過普通反而顯得可疑。他簡直沒有任何特徵，像這樣的人絕對能無比成功的淹沒在人海裡，一旦失蹤的話，找起來的難度很大。

歐文的視線不經意滑過對方的手。

他說他是個劍士——沒錯，勇者中數量最多的那種——但他真的是嗎？

歐文本想帥氣的從他手上的老繭來判斷他最慣用的武器是不是劍，只是很快他發現作為一個舉國上下都不愛使用物理武器的魔族……呃，即使在勇者學校待了兩年他也判斷不出這種事，只好無奈的放棄了。

「怎麼會、怎麼會……你們都很省心，精靈之森又是安全的地方，費不了我什麼事。」他沉沉的說道，神情卻是十分謙遜的樣子，「冬波利給的報酬很高……對於我這種年紀大、等級又不高的勇者，是難得能接到的好工作了……」

「哦，是嗎？」歐文敷衍的道，但在內心的某處，他依然保持了警覺。

▶◇◀◎▶◇◀

進入森林的第一日來到尾聲，黃昏到來。

迪恩雙手背在腦後，掃了眼搖搖欲墜的夕陽，道：「今天就走到這裡吧？差不多該生火紮營了。」

聽到這句話，菲莉亞終於長長的鬆了口氣。

儘管經過兩年的訓練，她不管是體力還是耐力都成長許多，一天的行走還算不上多累，可是想到接下來還要像這樣走二、三十天，菲莉亞就不禁有點想退縮。

溫妮差不多一身的頹然，她本來就是魔法師這種不擅長體力活動的專業，聽到「今天就走到這裡」，便一屁股坐在地上，臉上滿是疲憊之色。

瑪格麗特倒還站得筆直，她平靜的說道：「我們需要柴火。」

「對，柴火！」奧利弗彷彿找到自己的人生價值般興奮起來，「我們兩兩分隊出去找怎麼樣？既能保證安全，又能到盡可能多的地方！」

一聽還要站起來，溫妮看上去要哭了。

別人倒是都同意。

奧利弗立刻暴露出他隱藏已久的陰險用心，搶先道：「這樣的話，我看菲莉亞和卡斯爾學長一……」

他的話還沒來得及說完，好幾張嘴竟然一齊出聲發表意見。

「不如讓瑪、瑪格麗特（大小姐）和卡斯爾學長一起……」鼓起勇氣的菲莉亞和一心為大小姐的溫妮異口同聲道。

「那我和菲莉亞……」歐文說。

「奧利弗！不如我們……」迪恩喊。

因為同時說話的人太多，大家都沒能說完話，全在半途閉了嘴，然後面面相覷。

迪恩掰著手指理了一下，興奮道：「哈哈哈哈，那我和奧利弗先走了，反正你們都沒有意見吧？」

然而，沒把卡斯爾和菲莉亞湊合到一起，奧利弗一點都不想走，他拚命怒瞪「知情人」歐文，示意他趕緊放棄和菲莉亞組隊的機會。

歐文果斷的假裝完全沒看見奧利弗的眼色，轉向菲莉亞，問：「菲莉亞？」

「我、我跟你一組！」菲莉亞連忙道，並順勢挽住歐文的手臂，向眾人表示她是堅定不移的「卡斯爾與瑪格麗特派」。

奧利弗恨鐵不成鋼的捂臉。

於是溫妮期待的看著卡斯爾，儘管如果卡斯爾和瑪格麗特組隊的話，就意味著她要和那個陌生的中年勇者一組了，不過只要瑪格麗特大小姐能夠開心的話……

卡斯爾有點苦惱的抓了抓頭髮，「哈哈哈，我是很高興你們把我算進隊伍裡……不過我是隨行勇者，按照規定，是不能幫你們做這些事的。」

溫妮頓時萎靡下來。

一直沒說話的瑪格麗特倒是點點頭，「我和溫妮一起。」

「不好意思……」卡斯爾愧疚道。

「沒什麼。」瑪格麗特停頓了幾秒，「不過……卡斯爾。」

「什麼？」

「能給我幾分鐘嗎？我有事情想問你。」

瑪格麗特剛一開口，菲莉亞就豎起了耳朵。

卡斯爾雖然有點不明所以，卻還是友善的微笑道：「好啊。」

菲莉亞其實很想知道他們之間會發生什麼事，可是瑪格麗特的意思顯然是要和卡斯爾單獨談話，所以她只好眼睜睜看著瑪格麗特和卡斯爾兩個人進入了有樹木遮掩的森林，瑪格麗特還差點被樹根絆倒摔了一跤……

歐文有點開心的看著菲莉亞挽住後便忘記放開的手，說道：「我們去找柴火吧？」

「嗯、嗯，好……」菲莉亞只好眼巴巴的收回視線，乖乖跟著歐文走了。

等他們返回約定好的營地地點時，其他人都已經回來了，瑪格麗特曲著腿坐在地上，平靜的神情看不出想法，卡斯爾則坐在男生中間，高興的和奧利弗、迪恩討論些什麼。

地上生了一堆火，在早已變得昏暗的森林中分外使人有安全感。

儘管今晚有明月掛在空中，可夜晚仍然不適合人類活動，菲莉亞彷彿聽到森林的遠處有野獸的嚎叫聲。她將自己的行李都放在瑪格麗特身邊，小心翼翼的湊到她旁邊坐下。

菲莉亞緊張又期待的問道：「怎、怎麼樣？妳之前和卡斯爾……」

瑪格麗特正直、勇敢又漂亮，卡斯爾更是一位格外出色的前輩，他們難得的從外表、才華和家境上都旗鼓相當，十分相配。

讓菲莉亞說的話，只要能夠確定瑪格麗特先前的事沒有認錯人，他們的關係一定會很順利……哪怕不能這麼快變成戀人，至少也能成為朋友。

「不是他。」

「什麼？」菲莉亞愣了愣，一時沒有反應過來。

瑪格麗特稍稍一頓，重複了一遍：「不是他……那天救我的人，不是卡斯爾。」

「欸？不是卡斯爾？」

菲莉亞總算明白了。

瑪格麗特以前的確說過她也不是很確定，因為沒有看清楚。之後她去問過，整個冬波利在他們上一屆入學，同時擁有金色眼睛的人就只有卡斯爾．約克森而已，因此菲莉亞對此從來沒有懷疑過……

卡斯爾確實是這樣的性格，如果他碰到瑪格麗特需要幫忙的話，肯定會出手相助的。

菲莉亞想了想，道：「會不會是卡斯爾不想讓妳覺得困擾，所以才故意說不是他？」

「不會。」瑪格麗特的臉上沒有失望或者別的情緒，她鎮定的說：「我知道不是他。」

瑪格麗特很確定。

以前和卡斯爾沒什麼交集還感覺不到，這回從一開始，瑪格麗特就不停的在觀察對方。她視力不好，所以格外依賴聽覺、嗅覺、觸覺和直覺。

卡斯爾並不是她想要找的人。

他們的嗓音、身形、氣息和周圍的溫度都不一樣……不過最終讓瑪格麗特如此確定的，是她的直覺篤定的告訴她不對。

之所以還特意去詢問一次，只不過是確認而已。既然卡斯爾自己也否認的話，說明她的直覺沒有出錯。相比之下，之前那一次，她的直覺倒是……

「菲莉亞……妳哥哥……」瑪格麗特張了張嘴。

這是瑪格麗特第二次提起她哥哥了，菲莉亞有點困惑，他們明明只見過一次面，而且相

當短暫。只是因為提起的人是瑪格麗特，所以菲莉亞耐心等待著她的後文。

然而瑪格麗特卻搖了搖頭，將要問出口的話嚥回喉嚨裡。

「……沒什麼。」瑪格麗特緩緩的閉上眼睛。

果然還是沒有辦法問出口……不過，瑪格麗特仔細想了想，便又覺得即使問出口也沒有意義，因為菲莉亞顯然沒有從馬丁口中聽到過他在入學考試中救人之類的事，況且他們進入精靈之森後也沒有辦法和外界聯絡，就算現在問她，大概也只是多一個人乾著急罷了。

而瑪格麗特的這種反應卻讓菲莉亞覺得更奇怪了。

在森林裡露宿肯定不能讓所有人都安心睡覺，卡斯爾和另一名勇者約翰又被規定不能幫忙，因此小組六人必須輪流值夜，一人一個半小時就能熬到天明。

溫妮本來想替大小姐值夜，不過被拒絕了。迪恩再次自封為隊長，他自動自發的承擔了最難值的午夜。最開始的一班由奧利弗來，瑪格麗特和菲莉亞則是臨近清晨的兩輪。

決定好守夜順序後，為了第二天繼續精神飽滿的趕路，大家都開始鋪睡袋準備睡覺。

除去年紀比較小的歐文、菲莉亞，其他人都在十二歲以上，過了可以忽視性別的年紀，因此晚上睡覺的位置涇渭分明，男生在一邊，女生在另一邊，大家都默契的將自己的位置安置在相同性別隊友的一側。

只有一個例外。

奧利弗目瞪口呆的看著理所當然把自己的睡袋鋪在菲莉亞旁邊的歐文，「歐文，你在幹嘛啊？！」

「準備睡覺。」歐文皺起眉頭，不明白奧利弗和迪恩詭異的眼神，還有卡斯爾想笑又拚命忍住的表情是怎麼回事。

「那你幹嘛把睡袋鋪在那邊！」

「不是一邊四個人嗎？你們那裡已經滿了。」歐文不解道。

對面是約翰、卡斯爾、迪恩和奧利弗，而這一邊是菲莉亞、瑪格麗特和溫妮。在歐文看來，他當然應該把睡袋鋪在這裡，首先他和菲莉亞是好朋友，其次他若睡在對面的話，那邊就太擠了，人數也不對稱。

迪恩簡直要笑得捶地，「可你是男孩子！歐文，別以為你長著一頭金髮就可以混到對面去了好嗎！」他從來不放棄能夠拿歐文的頭髮顏色開玩笑的機會，反正大家同個宿舍都很熟了，歐文脾氣又好。

歐文依然不明白發生了什麼，他眉頭鎖得更深，默默推了推鼻梁上起霧的眼鏡。

最後，在迪恩和奧利弗不厚道的狂笑聲中，歐文被無奈的卡斯爾拖回了男生陣營。

「……其實你睡在那裡也沒關係。」卡斯爾忍笑道，「不過還是早點習慣吧。我想再過

一、兩年你就會懂了……我也只不過比你大一歲而已。」

平白被嘲笑卻沒有人願意解釋一下，歐文感到十分莫名其妙。

他看了眼自己的室友，迪恩和奧利弗顯然還在拿他不成熟的事開玩笑，笑得前仰後合。他又看向菲莉亞……

菲莉亞已經把自己塞進了睡袋裡，她個子不大……應該說很小，一埋進睡袋裡就看不見了，歐文只能勉強瞧見她翹起來的頭髮，還有頭髮間隱隱露出來的一小塊白皙的耳朵。

不過，睡袋的前段還在輕輕顫動，這說明菲莉亞還沒有睡著，她或許正在和瑪格麗特聊天。對……菲莉亞說過，她終於讓瑪格麗特接受她這個朋友了，而且從她的語調中歐文能夠感覺到，她很喜歡瑪格麗特。

不知道為什麼，歐文對菲莉亞現在竟然更關注瑪格麗特而不是他感到一種難以言喻的失落和空虛。

她頭頂的頭髮顏色比末梢深。

她臉頰兩側的頭髮剪得比其他地方短。

她臉紅的時候會先紅耳側。

她緊張的時候會不自覺的抿嘴和後退。

她笑的時候眼睛會先彎起來，嘴角兩邊浮現出很淺的酒窩……

歐文閉上眼睛，菲莉亞的面貌漸漸完整而清晰的呈現出來。

他突然發現自己或許比鏡子還要更瞭解菲莉亞的長相……不，不只是長相，他瞭解她的聲音、動作、神態和習慣，有時候他甚至能猜到她的想法。

為什麼會這樣？

只因為他們是……朋友？

奧利弗說他喜歡菲莉亞……

奧利弗的那種情感，和他對菲莉亞的感情……不一樣嗎？

不知不覺倦意襲來，歐文帶著對菲莉亞外貌的印象和滿腔的疑惑，皺著眉頭睡了過去，他暫時有很多無法理解的問題，也許他需要找個機會一個人靜靜的思考思考。

另一邊，菲莉亞還全然沒有睏意，她正一點一點往瑪格麗特身邊挪過去。

「瑪、瑪格麗特……」菲莉亞小聲的問：「妳睡著了嗎？」

瑪格麗特剛剛躺進睡袋裡，人已經閉上了眼睛，長長的睫毛因月光照拂而在眼瞼下打上一片可愛的陰影。她的樣子很安靜，漂亮得令人不忍心打擾。

然而菲莉亞對瑪格麗特的關心令她不得不去打擾這一幕。

瑪格麗特之前透露的資訊太少了，她又不習慣感情外露……菲莉亞不知道瑪格麗特是不

是真的像看上去那樣對卡斯爾的否定答案無動於衷。

她知道瑪格麗特對那個金色眼睛的救命恩人感情很不一樣……菲莉亞換位思考，如果她發現自己一直以來弄錯人，而回歸到沒有目標從頭再來的狀態的話，一定會很難過的……

瑪格麗特一開始沒什麼反應，就在菲莉亞相信她已經睡著、準備躺回去的時候，瑪格麗特卻側過身，睜開了眼睛說道：「……還沒有。」

「妳……還好嗎？」

「嗯。」

瑪格麗特的答案簡潔。

菲莉亞定了定神，打量著瑪格麗特的神色，鼓起勇氣問道：「那、那個……妳願不願意跟我說說，就是那個……那個救了妳的人的事？」

由於涉及隱私，菲莉亞又不是很善於處理焦急的情緒，她一問完問題，感覺自己的心臟都快跳出來了。

幸好瑪格麗特沒有生氣，她擰起眉頭像是考慮了一會兒，良久之後才輕輕點了點頭。

菲莉亞連忙又往她身邊湊了湊，準備好聆聽。

「……那是我九歲第一次參加冬波利考試。」瑪格麗特回憶道，「我父母都是從冬波利畢業的，所以他們很希望我也能從這裡畢業，但我小時候身體不太好……」她停頓一會兒，

才繼續道：「沒想到後來身體好起來了，所以他們就趕在最後一刻替我報名……我當時其實還沒怎麼摸過劍，也不太清楚什麼是冒險，溫妮也還沒有到可以參加考試的年紀……只有娜娜陪著我。」

提到娜娜，瑪格麗特又頓了頓。

為了維持宿舍和睦的氣氛，大家都很少提到娜娜了。

瑪格麗特等了一會兒，確定菲莉亞的情緒沒有變化後，才繼續說：「……我近視，找不到鑰匙。娜娜找到一把就先給我了，接著讓我在原地等，她和其他兩個隊員去找另外一把。可是我等了很久他們都沒有回來，我就過去找，然後……」

菲莉亞不禁嚥了口口水。

瑪格麗特面無表情的說道：「我掉進坑洞裡了。」

菲莉亞：Σ(っ ﾟДﾟ;)っ好、好熟悉的……

「那是個很深很大的坑洞，我試了幾次，爬不出去……又扭到了腳，只好在裡面等，很久以後才聽到有腳步聲，連忙大聲呼救……他就過來了。」瑪格麗特敘述時很鎮定，她的邏輯清晰。儘管在這之前沒有這麼詳細的將情況告訴過任何人，可是當她獨自一個人時，總是將那兩天的情況回想過千萬遍。

菲莉亞不敢打斷她，眨眨眼睛，安靜的聽著。

「他一開始想把我拉上去，但發現我找不準繩子的位置，於是就跳了下來。」瑪格麗特想了想，又道：「他讓我抱著他的脖子，然後就揹著我爬上去了……我看到他金色的眼睛，還感覺到他應該比我大一些。」

——等等！揹、揹著爬上去了……

——原、原來還可以這樣嗎？

菲莉亞懷疑瑪格麗特當時掉下去的坑洞可能與她和歐文掉落的是同一個，畢竟學院森林裡不是到處都有莫名其妙的大坑的；而且瑪格麗特說的情形和他們經歷過的很像，歐文的腿當時也出了問題，所以他們才上不去。

然而，菲莉亞完全沒有想到可以揹著歐文爬上去……她現在不由自主的重新開始考慮這個方案的可行性……

——Σ(ﾟ△ﾟ|||)︴好、好像是可以的！我可以揹著歐文爬上去！

菲莉亞已經不記得自己當時的手被凍傷了，如果硬要爬，肯定會很痛。想到她壓斷歐文的腿還連累對方淋了一夜雨而感冒，菲莉亞不禁覺得十分愧疚。

——QAQ如果我再聰明一點就好了……

瑪格麗特則觀察著菲莉亞的神情，發現她有點呆滯，卻並沒有其他什麼特別的反應。果然，她應該從來沒有從她哥哥口中聽到類似的事……難道真的不是嗎？

菲莉亞回過神，問道：「那妳那一年為什麼沒有通過考試？」

瑪格麗特說：「……我把找到的鑰匙掉在洞裡了。」

菲莉亞：「……」

——Σ(っ°Д°;)っ難道我當時在坑洞裡撿到的是瑪格麗特上一年掉在坑洞裡的鑰匙？！仔細一想，那把鑰匙的位置確實離地圖標註遠了點……

「我本來以為救我的那個人，既然能把我揹出坑洞的話，肯定也可以通過考試被錄取。既然卡斯爾不是那個人的話……」瑪格麗特皺起眉頭，「他大概也沒通過吧。」

聽瑪格麗特說完這些，菲莉亞觀察了她好久，確定她確實沒有十分受打擊，精神狀態相當正常後，才終於鬆了口氣。

和菲莉亞互相道過晚安後，瑪格麗特蜷縮進睡袋中，緩緩將掛在脖子上的項鍊從衣服裡拿了出來。

那是一把鑰匙。

而且並不美觀，只是一把陳舊、甚至有點土氣的再普通不過的鑰匙。

瑪格麗特將它放在脣邊吻了吻，然後重新放回衣服裡，她才閉上眼睛。

事實上，她說謊了……不，不算說謊，瑪格麗特討厭謊言，所以……她只不過隱瞞了一

些事情而已。

當時瑪格麗特並沒有發現自己的鑰匙丟了，直到娜娜找到她、並把她帶到終點，教授讓她用找到的鑰匙開門的時候，她在自己的口袋裡摸到了鑰匙——但它的厚度、重量和質感都和娜娜給她的那把有微妙的差別。

瑪格麗特的觸覺敏感，毫無疑問，哪怕外表一樣，它們卻完全是兩把不同的鑰匙。

鬼使神差的，瑪格麗特對考官說她的鑰匙不見了，於是放棄考試……這是個很任性的行為，因為這樣一來娜娜也不得不一起放棄了，而娜娜當時已經十歲，她只剩最後一年入學的機會。

瑪格麗特沒有逼迫過娜娜，但她很清楚娜娜一定會選擇一起放棄，就像她從小到大做過的所有選擇。

那個男孩似乎把自己的鑰匙給了她，不知道是發現她的鑰匙掉了，還是以為她還沒有找到鑰匙……總之，瑪格麗特選擇將這把鑰匙藏下來，一直隨身攜帶。

她本以為能有如此慷慨舉動的人，肯定是意外找到了兩把鑰匙。沒想到他竟然沒有通過考試，也就是他將鑰匙給自己的舉動相當於主動放棄考試……

難道，他其實並不想入學嗎？

▶◇◀◎▶◇◀

幾天後，他們一行人已經走出學院森林，不知不覺的進入了精靈之森。

精靈之森是海波里恩面積最大的森林，以身處其中的菲莉亞的視角來看的話，簡直無邊無際的到處都是樹木。

這裡幽暗卻不陰森，安靜卻不詭異。樹葉搖晃摩擦的沙沙聲譜成一種動人的旋律，每一處灌木都有種生機勃勃的感覺。

「這是精靈獨特的魔法，有精靈的地方植物就不會枯死。」卡斯爾摸著一棵松樹樹幹，笑著道：「我去年來的時候很為這些著迷……看見那個了嗎？那個就是精靈的母樹……唔，現在看是看得見，可走到那裡大概還要十幾二十天。」

菲莉亞順著他指的方向看去。

其實不需要任何人的指引，誰都會一眼就看到那棵大樹。它從茂密的森林中脫穎而出，枝葉伸展開來，巨大而茂盛的樹冠如同一把連接天地的傘，將大片樹林籠罩在自己下方。

「真漂亮啊。」歐文睜大眼睛，忍不住驚嘆道。

他在魔王城堡裡就聽說過精靈，知道這是一個數量稀少的種族，曾經也以森林為界、有過自己的國家，就像魔族擁有艾斯，人類擁有海波里恩。不過，後來精靈被征服了，成為人

類王國中的少數民族，算是跟人類和睦相處，畢竟比起不肯投降而被完全滅絕的固執的矮人族，他們的待遇實在好得多。

矮人遺跡分布在王國之心、無人沙海和南漳灣這三個地方，正被人類學者考古開發，試圖發掘出這個古老文明曾經擁有的秘密，然而進度緩慢。矮人曾擁有過龐大的國家，有過輝煌的文明，想要完全開發遺跡說不定得要花個幾百年時間。

作為碩果僅存的在艾斯長大的魔族，歐文對這兩個種族的感情都比較微妙和複雜，他總覺得艾斯的命運遲早是兩者之一。

除非完成弄死全人類這種高難度任務啊……但想想就覺得心好累。

卡斯爾的判斷完全正確，即使能看見母樹，走到那裡仍然是個極其艱難的過程。他們又馬不停蹄的走了十來天，母樹始終在眼睛看得見的地方，而且似乎越來越近，只是一直走不到而已。

「我想應該快到了，別擔心……我去年也是差不多這個時候抵達的。唔，你們說不定還比我當時快，搞不好會是第一隊到達的呢。」卡斯爾試圖安慰他們，可效果並不怎麼好。同樣是疲倦的一天，母樹似乎已經近在眼前，又好像總也走不到。

日暮西垂，黃昏到來，又到準備宿營的時候了。

出行這麼多天，乾糧雖然還沒有吃完，但大家都吃膩了。從幾日前，一行所有人就在找

各種各樣的機會從森林裡弄東西出來吃。漿果、蘑菇、野蘿蔔，這些能夠靠沿途採集的食物暫且不論，一些兔子和小鳥也遭了秧。

菲莉亞今天一個人就用鐵餅砸死兩隻兔子，還砸中一隻麻雀，收穫頗豐。就在她撿起剛剛被砸死的一隻兔子時，忽然聽到了微弱的呼救聲。

「歐文，你有沒有聽到什麼聲音？」菲莉亞不確定的問道，她對自己的聽力向來不大有自信。

「沒有。」歐文抱著一大把乾木柴，眨了眨眼睛，「怎麼了嗎？」

「我、我好像聽到有人在叫救命。」

聽她這麼說，歐文閉上眼睛，靜氣凝神的聽了一會兒，確實隱約聽到了求救的聲音。他將柴火放在地上，說：「……說不定是我們的同學，去看看吧！」

菲莉亞連忙也將獵物都放下，跟上歐文往聲音傳來的方向跑去。

求救聲離得並不遠，沒走幾步，菲莉亞就清晰的聽到了那個聲音。

那是個清脆的女孩聲，音調很高，可好像已經失去了力氣。菲莉亞有點緊張，連忙加快步伐。

而當菲莉亞真的見到那個呼救者時，不由得愣了愣。

——是個精靈。

第五章 關於精靈這種神煩生物

進入精靈之森十多天，菲莉亞還是頭一回見到真正的精靈。

她的身材纖細嬌小，皮膚雪白剔透，金色波浪般的短髮貼著臉頰，奶白色尖尖的耳朵從頭髮中露出一角，水汪汪的藍眼睛驚懼的望著他們——像是從古老的童話裡走出來的一樣，既脆弱又夢幻。

菲莉亞由衷的驚嘆。

她忽然明白為什麼在古代人們會認為精靈是美的象徵——當然現在不是了，現在肌肉男比較吃香——眼前這名精靈纖巧柔弱的狀態很容易就能讓人產生一種藝術的感覺，彷彿介於存在和不存在之間。

「你、你們是來救我的嗎？」精靈無辜的從上而下俯視著菲莉亞和歐文。

……對，精靈是被一個籠子般的網子吊掛在樹上的。

「你踩到森林裡設置的陷阱了？」歐文抬頭問道。

精靈含著眼淚點頭，「是我的族人設置的陷阱，昨天他們讓我過來看有沒有獵物落網，當時陽光有點刺眼，我一不留神就踩上去了……」

菲莉亞：「……」想、想不到精靈是這麼笨拙的生物。

歐文頓時也有種「難怪這個族群會被人類征服」的恍然大悟感，同時他心不在焉的揮了揮魔杖，一個鋒利的冰錐「噗」的一聲從魔杖頂端蹦出來，咻地割斷網與樹枝之間的繩子。

「啊！」沒想到歐文動作這麼快，根本還沒有準備好的精靈慘叫一聲，瞬間重重的摔在地上……臉著地。

精靈：好、好過分，今年來森林的人類真的好過分啊嚶嚶嚶……QAQ

「妳沒事吧？」菲莉亞連忙吃驚的跑過去扶起對方。

精靈的身體輕盈纖小的不可思議，以人類的標準來看，這種體型頂多只有六、七歲。

「沒事才有鬼啊嚶嚶嚶……」精靈傷心的哭了起來，「割繩子之前不能先打個招呼嗎？所以我才最討厭人類了嚶嚶嚶，人家臉上肯定都砸出紅印子了啦！不知道鼻子塌了沒有嚶嚶嚶嚶嚶……」

成功把黑鍋送到人類背上的魔族小王子摸摸鼻子，默默轉頭看向別處。

被手忙腳亂的菲莉亞安慰一會兒後，精靈總算不哭了。

不過，既然已經能見到精靈的話……

「這裡離母樹已經不遠了嗎？」菲莉亞問道。

精靈淚眼矇矓的點點頭，說：「從早上開始走的話，大概晚飯之前就能到達……可現在都傍晚了，肯定到不了啦！村長要是發現我在這麼重要的時期還夜不歸宿的話，一定會罵死我的嚶嚶嚶……」

說著，精靈又要哭起來，菲莉亞連忙繼續把精靈摟到懷裡安慰，歐文雙手抱在腦後無語

的看著這一幕。

歐文：這隻精靈怎麼只會哭，好煩……他竟然還敢把頭靠在菲莉亞的胸上……你們這種生物在成年前沒有性別的吧！離女孩子遠一點啊混蛋！

——欸？我為什麼要要求他離女孩子遠一點？

半個月前還險些把睡袋鋪在菲莉亞旁邊的歐文陷入苦思之中。

並不知道精靈在成年前沒有性別的菲莉亞終於把她眼中的「精靈小女孩」哄好，同情的說道：「那……不如妳今天就跟我們一起回我們的營地吧？我們有火，還有一些食物……」

「難道我還有別的選擇嗎嚶嚶嚶……」精靈的嘴噘得如天高。

——當然還有啊！你可以選擇被我們扔在這裡啊！

歐文面上笑得溫和，心中卻有些惡意的想著。

精靈抱著菲莉亞繼續說：「我腿嚇軟了，站不起來，妳要揹我嚶嚶嚶……」

歐文：=皿=不要得寸進尺好嗎！菲莉亞才不會揹你！

歐文微笑得嘴角都要僵了。

菲莉亞卻想到之前和歐文在坑洞裡的事，她沒想到自己可以揹歐文，所以連累他淋了一夜雨，還發了高燒……「那、那我揹妳吧。」她意外果斷的點點頭。

精靈眉開眼笑，藍眼睛彎彎的，嘴角彎彎的，像是每個月的新月。

然而歐文完全沒 get 到這種生物的可愛點，終於忍不住道：「……我來揹你好了。」

精靈明顯對讓自己臉著地的「人類」心懷戒備，一聽歐文這麼說，連忙極其驚恐的搖頭。

菲莉亞很感激歐文欲幫她的舉動，歐文果然一如既往的樂於助人，她感動道：「沒、沒關係的，歐文，我來就好了，我、我是強力量型的，這麼點重量不要緊……」

於是嬌小的精靈很高興的在歐文可怕目光的注視下趴上菲莉亞的背。

一路往回走，菲莉亞好奇的問道：「妳叫什麼名字？」

「艾爾西，我叫做艾爾西。」精靈回答道，他稍微有點信任菲莉亞了。

「啊，我叫菲莉亞，菲莉亞．羅格朗。他是歐文．哈迪斯，我們是朋友和夥伴。」

「妳好，菲莉亞。」艾爾西選擇性忽視了後半段關於歐文的介紹，只向菲莉亞打招呼。

不知是不是錯覺，菲莉亞覺得自己背上被精靈的臉頰貼著的位置，好像在微微的發熱。

背上的重量相當輕，菲莉亞感覺這隻精靈比鐵餅重不了多少，於是問道：「艾爾西，妳多大了？」六歲？七歲？

艾爾西羞澀道：「我前幾天剛滿十五歲。」(*/ω＼*)

菲莉亞手一抖，差點直接把這個比自己大好幾歲的精靈摔在地上。

艾爾西沒察覺到菲莉亞的不對勁，繼續嬌羞道：「這對精靈來說是個很重要的年齡，其實……我、我馬上就要成年了。」

「恭、恭喜妳！」菲莉亞吃驚的說。

讓她再重新猜一萬次，她也猜不到她揹的是一位即將成年的精靈，畢竟艾爾西看上去這麼柔弱而嬌小……

菲莉亞努力回憶了半天，覺得自己以前可能確實聽說過「精靈的體型比人類小一些」之類的內容，但她絕對想不到是小這麼多。

菲莉亞原本以為所謂的體型小應該是纖瘦一點的感覺，就像魔族的平均體型比人類大，卻並不是什麼十分誇張的差距，沒想到精靈會是如此迷你的生物……呃，也可能是艾爾西湊巧特別小一些？人類中偶爾也會有特別矮小的個體……

就在菲莉亞胡思亂想的時候，他們已經回到了營地。

因為中途救了一隻精靈，歐文和菲莉亞又是回來最晚的，迪恩和奧利弗一看見菲莉亞背上揹的東西，立刻驚呼起來。

「那是精靈？！菲莉亞，妳帶回來是精靈？！別告訴我這就是妳帶回來的晚飯……簡直太棒了！應該怎麼燒？」

迪恩保持著一手拿著調味品、一手拿著烤肉的姿勢，還舔了舔嘴脣，如果硬要說他是在講笑話，好像很沒有說服力。

菲莉亞明顯感覺到艾爾西又往她背上靠了靠。

歐文溫和的淡淡一笑：「你說對了，我也在想呢……說起來，你有孜然嗎？」

精靈：Σ(っ ゚Д ゚;)っ你們要對我做什麼！

他們並沒有做什麼，歐文只是坐下來撒著孜然吃了一塊烤兔肉。

頭一次見到貨真價實精靈的迪恩和奧利弗，則一直用「好奇」的目光赤裸裸盯著艾爾西看，這讓某隻孤立無援的精靈感到極其恐怖。溫妮倒是很喜歡精靈，一直小心翼翼的湊過來試圖摸摸艾爾西，還有摸摸那頭漂亮柔軟的金髮。

「我可以抱著妳睡嗎？」溫妮期待的問艾爾西。

艾爾西還來不及用嫌棄的表情回答，卡斯爾就已經率先開口了：「……最好不要，看上去不大的精靈可能並不是小孩……唔，讓我想想，我記得我還有備用的睡袋。」

卡斯爾在行李中找了一會兒，果然找到一個多餘的睡袋，他把睡袋遞給艾爾西。

艾爾西挑剔的摸了幾下，顯然有些不情願。

「哈哈哈，抱歉。」卡斯爾不太在意自己被嫌棄，反而笑起來，歉意的抓抓紅髮，「今晚只有這個了，你就先將就一下吧。」

在森林中相處過一年，卡斯爾已經充分瞭解到精靈是怎麼一種任性而苛刻的生物，而且他們幾乎全部嗜美如命。

不過，精靈的審美和人類有很大的區別……不，應該是和現今的人類有很大的區別。

在勇者成為最受人追捧的職業之前，人族的審美觀和精靈還是很相近的。曾經他們都喜歡白皙透明的肌膚、亮麗柔順的金髮還有細瘦的身體，病懨懨的美人亦會得到追捧。在這種狀況下，精靈無疑是最美麗的生物。

但，人類的審美觀逆轉以後，一切都變了。

精靈的模樣太過於柔弱，似乎缺乏力量，對於崇尚陽剛的海波里恩人來說，這實在算不上什麼好特徵。

減肥？那是什麼鬼？不吃東西怎麼能練出八塊腹肌？

美白？你是在跟我開玩笑嗎？難道陽光下蜜色的肌膚還不夠性感？

總之，在日新月異的人類審美觀變化下，精靈逐漸失去曾經美與時尚之王的光環，有時候淪為被嘲諷的對象——金髮之所以被嘲笑為娘娘腔，就是因為精靈。

不過，精靈的品味倒也不是完全沒有受到人類的影響，現在男性精靈就不再一味的塗脂抹粉了，他們同樣開始鍛鍊肌肉，這一點從這些年精靈的職業構成裡弓箭手的比重大幅上升就能看出來，即使能當魔法師的男性精靈也寧願選擇去射箭，這和過去可完全相反。不過，女性精靈的審美觀暫時還沒有什麼特別的變化體現。

——如果沒有判斷失誤的話，被菲莉亞和歐文撿回來的這隻嬌氣的精靈，應該是立志成

為女性的那種。

卡斯爾這麼想著。

▶◇◀◎▶◇◀

「不、不對啦！走那邊絕對是繞路！天黑也到不了母樹的，你們不要亂走啊！」

「嚶嚶嚶……回到村莊後我絕對會被村長罵死的……嚶嚶嚶，你們走快點啊，要是我錯過成人禮了怎麼辦嚶嚶嚶……」

「我一點都不想當幾百年裡唯一一個在十六歲才成人的精靈啦！人類走路的速度都這麼慢嗎？嚶嚶嚶……快點啊！快點啊！今年滿十五的精靈肯定只有我一個還沒到了……」

「——吵死了！」迪恩惱火的回頭，「這麼挑剔有本事就不要讓我揹著你跑啊！」

艾爾西頓時縮起脖子，乖乖的閉嘴不敢再說話了。

艾爾西不肯自己走路，所以大家只好輪流揹著他走。但還是有問題，艾爾西一開始很不情願，好像只想讓菲莉亞揹他，大概是因為前一天習慣了。菲莉亞倒是不覺得太費體力，艾爾西的體型決定了他的體重不可能太驚人，她連十個鐵餅都能輕鬆的抱起來，難道還揹不動一隻精靈嗎？

然而，其他人確實這麼覺得。

迪恩拍著胸脯斷定菲莉亞絕對是在逞強，讓她一個人全程揹著艾爾西，負擔絕對太重，本著團結友愛的精神，揹精靈這種任務一定要所有隊員共同分擔才行！否則菲莉亞就是看不起他！

艾爾西：我怎麼覺得他們是想把我偷偷帶走撒孜然吃掉……QAQ

不管艾爾西本人怎麼不滿，反正事情就這樣決定了。不過，不知是不是為了宣洩對這個決定的惱火，艾爾西一路上都在對他們的行程指手畫腳，一會兒生氣、一會兒哭，迪恩和奧利弗有好幾次都差點「失手」把他扔地上。

只有歐文，在輪到他揹艾爾西的時候依然保持著文雅的微笑，哪怕這隻精靈在他背上的時候不只是抱怨，還為昨天砸到臉的事加上人身攻擊。

不愧是歐文，他真是有禮貌又謙和啊……菲莉亞敬佩的想。

然而，菲莉亞並不知道某位魔族小王子其實好幾次都已經在手心裡凝好冰錐，隨時準備插死背上的混蛋精靈，他是經過艱難的心理鬥爭才忍下來的……

因為艾爾西無時無刻一直不停的抱怨，菲莉亞零零碎碎的聽了一些，多少整理出了關於精靈的習俗。

好像每年剛滿十五歲的精靈們會在同一天聚集起來，由精靈長老進行洗禮，然後進入母

樹舉行某個儀式，儀式後才能算是真正的成年精靈，可以開始擔當精靈族中的職務。這是個相當冗長而重要的儀式，持續時間將近三個月，一年只舉行一次，所以一旦錯過就只能等到下一年再補上。

按照艾爾西的說法，不及時成年是很丟臉的，而且精靈族向來守時並且注重承諾，至少在五百年內都沒有錯過成人禮的精靈。

今年的成人禮開始時間就在明天一早，艾爾西也是必須要參加儀式的未成年精靈。他本來以為一天肯定能夠到達母樹，所以還不怎麼急，沒想到菲莉亞他們不怎麼認得路，所以到中午時情緒就明顯的惡化了，又哭又鬧跟任性的小孩子一樣，完全不肯消停。

本來大家或多或少都對精靈抱有好奇的，迪恩雖然開過吃精靈的玩笑，但其實他並沒有惡意。而一天下來，他感覺對精靈的幻想全部都幻滅了。

——真的好煩啊精靈這玩意兒……

總之，在艾爾西不停催促下，他們一行人幾乎一整天都是跑步前進的，等踏進第一個精靈村莊時，大部分人都一下子癱倒在地上，只剩菲莉亞、卡斯爾和那個名叫約翰的職業勇者還站著。瑪格麗特艱難的扶著樹，試圖保持平穩的站立。

癱倒的歐文看著面不紅、心不跳的卡斯爾，還有一臉擔心的遞水給大家喝的菲莉亞，感覺心情有點複雜。

——看來下個暑假一定要開始鍛鍊了……

艾爾西卻不覺得這是結束，他不停捶打著正好又輪到揹他的迪恩的背部，用尖銳的聲音哭道：「快起來啊！還沒有到母樹呢！不要停下來啊，村長和其他人肯定都已經在母樹等我了嚶嚶嚶……」

「吵死了你快閉嘴啊啊啊！」迪恩痛苦的捂耳朵，「你這隻娘娘腔！歐文我錯了，我再也不會嘲笑你娘了！這種東西簡直是噩夢啊啊啊啊！」

歐文：「……」

菲莉亞連忙道：「那、那個，好像又輪到我了，把艾爾西交給我吧……我想離母樹應該已經不遠了。」

話說為什麼要說艾爾西是娘娘腔？她本來就是女孩子吧？菲莉亞不解的想著。

「其實我可以再忍一會兒啊啊啊啊——」迪恩抱著頭半崩潰道，看上去不太像可以再忍一會兒的樣子，他對自己最初提出的建議早已後悔，可現在想把話嚥回去已經晚了。

不過，儘管他對精靈不耐煩，對其他成員的態度卻仍然不錯，他頗為擔憂的問道：「菲莉亞，妳真的沒問題嗎？今天除了瑪格麗特，就屬妳揹這個東西的時間最長了……」

在接受被輪流揹之後，艾爾西仍然喜歡女孩超過其他男孩，證據就是他在男孩背上的時候哭鬧的頻率要大得多。所以為了減輕隊伍的負擔，瑪格麗特和菲莉亞都會默默的多揹他一

會兒；溫妮也想這樣做，可惜她的體力不夠，魔法師的力量畢竟比不上劍士和鐵餅手。

「『這個東西』！你竟然用『這個東西』來形容我！」精靈又被氣哭了，「你好沒有禮貌！所以我才最討厭人類嚶嚶嚶……」

聽到這尖銳的哭聲，迪恩又慘叫一聲躺回地上。

終於，在黃昏到來之前，他們還是帶著艾爾西抵達了母樹。

「你們慢死了嚶嚶嚶！母樹都已經變成粉紅色了嚶嚶嚶！我去找村長了，討厭！」被菲莉亞從背上放下來後，艾爾西就急忙的跑了，不一會兒消失在母樹附近。

「到底誰才沒有禮貌啊！連說句謝謝都不會！」迪恩大聲的抱怨道，「卡斯爾，所有的精靈都是這個樣子的嗎？！」

卡斯爾「哈哈哈」了幾聲，回答：「怎麼可能，精靈也有自己的個性啊！不過，所有精靈都是從母樹出生的，他們相信自己的個性也是由母樹賜予，因此很少有精靈會試圖改變自己的性格。」

「也就是說一出生性格就這麼差，然後一輩子都這麼差囉？」迪恩翻譯了卡斯爾的話，然後把手往臉上一拍，絕望的遮住眼睛。

卡斯爾不可置否的聳聳肩。

「不過——」卡斯爾稍微頓了頓，「精靈在十五歲成年時，會重新回到母樹進行二次發

育，有些精靈的個性會在二次發育後發生變化……當然，變化也不太大就是了。」

菲莉亞新奇的聽著卡斯爾說這些事，畢竟已經來過這裡一年，他對精靈族的事果然比較瞭解。

從樹裡出生，回到樹裡二次發育……聽起來就像是植物一樣。

▶◇◀◎▶◇◀

與此同時，艾爾西氣喘吁吁的狂奔進了位於母樹下的招待所。

這個最靠近母樹的村莊叫做神樹村，不過艾爾西並不是神樹村的居民。年幼的精靈從母樹裡出生後就會分到精靈之森的各個村莊裡，然後被成年精靈撫養長大。艾爾西是在母樹西面的一個村莊成長的。每年到成人禮的季節，所有村莊的村長都會集結在這裡，為即將成年的孩子舉行入樹儀式，所以臨時來的時候只能住在神樹附近的招待所裡了。

「艾爾西，你終於來了！你明明一直都是個讓人省心的孩子……」年邁的精靈看到匆匆跑來的艾爾西，終於長長的鬆了口氣，「母樹都已經進入準備階段了，你得趕緊找一個果子躲進去，不然會來不及發育的……過來，先填成年申請表吧。」

其實成年申請表填和不填都對精靈的發育沒有任何影響，但融入海波里恩之後，精靈無

論是出生、成年還是回歸母樹，都得先填表格存檔，方便人類進行少數民族人口管理。

「對、對不起，村長……QAQ」艾爾西連忙拿過筆潦草的填起來，「都是路上那幾個人類的錯，他們跑得太慢了，還總是走錯路……」

村長皺了皺眉頭，說：「不要隨便責怪人類，我還不知道你嗎？我不知道母樹為什麼將你生成這樣，艾爾西，但是種族歧視是不對的……精靈的時代早就過去了。」

「可、可這是母樹給我的想法……」艾爾西慌張道，同時把申請表遞回去，「給你，我填好了。」

見表格填好，而且成年禮的時間確實緊迫，村長沒有再糾纏於種族的話題，而是接過表格飛快的查看，母樹從早上就變成了粉紅色，艾爾西必須要儘快。

母樹在萌發出果實時會變為淡粉色，此時未成年精靈可以進入果實中，等果實成熟時母樹會變成橙紅色，此時就說明發育完成的精靈即將重歸大地。

村長取下老花眼鏡，有些意外的看著艾爾西，「你想發育成男性？你不是從小就想當女孩子嗎？」

「我改變主意了，就在昨天。」艾爾西嘛了嘛嘴。

「人類的女孩子是不是只能找男性的伴侶？我見識過人類的男性了，男孩子果然和想像中一樣骯髒……想到人類女孩子只能和這種無恥、缺德、動不動就讓人家臉著地的生物結成

伴侶，我就覺得好可憐。所以我想要變成一個漂亮乾淨又有風度的男孩子……」艾爾西頓了頓，「去拯救她們！」

▶◇◀◎▶◇◀

艾爾西離開之後，沒過多久，菲莉亞他們終於迎來了近一個月以來第一個不用露宿野外的夜晚。

精靈村莊大部分的房屋都是樹屋，建在較高的樹枝上，只有少數房屋是在地面上的，一般都是方便其他種族來訪時生活的臨時居所。不過，為了鍛鍊未來的勇者們，冬波利學院讓精靈們為學生準備的房屋也全部安置在樹上，和精靈的住所一般無二，只是略小一些。每個小屋能住二到三人，每個團隊的屋子都安排在同一片樹木中。

菲莉亞的小隊一共分到三間樹屋，作為隨行勇者的卡斯爾和約翰共住一間，剩下兩間則按男女分配。男女各方的三人在學校裡就是室友，生活上基本都互相瞭解，因此大家都沒什麼意見。

冷淡的交代完平時生活的注意事項，查德教授轉身要走，不過迪恩叫住了他。

「等等，查德教授！」迪恩期待的問道：「我們是第一組順利到達精靈營地的人吧？」

他們在教授介紹村莊各個布置的時候，都沒有碰到勇者類的學生，只有一些輔助類的學生在四處忙碌，剩下的人類，就只有充當了一次嚮導的查德教授，這個工作往年都是由精靈擔任的。啊，至於伊蒂絲教授……她要是在才不正常，對於一個平時就喜歡在上課時去樹上睡覺的教授來說，這座森林簡直全是床位。

查德黑框眼鏡後深藍色的眼睛緩緩掃過迪恩，面無表情的點點頭，說道：「嗯，你們是第一隊。」

「太棒了！」迪恩立即歡呼起來。

奧利弗也一下子露出笑容，顯得相當振奮。

菲莉亞的心跳也加快了，激動得臉頰撲紅，沒想到竟然是第一名，這一天超負荷的奔波果然不是完全沒有價值。

努力能有所收穫顯然讓大家都覺得高興，就連瑪格麗特平日鎮定的臉上都浮現出一絲不一樣的顏色，她雙手抱胸，默默的將頭轉向另一邊。

查德教授的視線不輕不重的落到歐文身上，「歐文，你這段時間感覺還好嗎？」

歐文略微聳肩，輕鬆道：「還算不錯吧。」

查德是歐文主修課的教授，而且歐文在入學考試上的表現無疑令他印象深刻，這使他平時都有意無意的格外關注這個學生……

不知道怎麼回事，歐文在順利入學後反而變得平庸下來，再也沒有露出過當初在考場上那樣驚豔的力量控制，而且平時規規矩矩的吟唱魔法，從未再瞬發過哪怕一個冰錐。

不過，每次其他同學休息恢復魔力的時候，儘管歐文也會跟著休息，卻從來沒有露出過魔力枯竭的疲態，不管每天扔出多少魔法都顯得游刃有餘……比起真的需要恢復魔力，他倒是更像在「從眾」。

查德教授推了推眼鏡，這麼小的孩子就學會隱藏實力了嗎？難道是擔心成績太突出會受到排擠……

不管怎麼說，查德還是很喜歡歐文，明明擁有出眾的天賦卻不炫耀，也沒有那種小孩子常見的虛榮心，這份心性在普遍心高氣傲的勇者學生中顯得分外難能可貴。

——想要在未來打敗艾斯的那個大魔王，需要的就是這種沉得住氣的年輕人……歐文，再加上卡斯爾，還有尼爾森教授總是讚揚的謙虛努力的菲莉亞，以及漢娜教授大加讚賞的瑪格麗特……他們將來說不定真的能有超越前人的成就。

——學校僱傭了那麼多隨行勇者，最終卻讓卡斯爾分到這個組，肯定也有讓他們提前培養感情的意思。

想到這裡，查德推了推眼鏡，輕輕的拍著歐文的肩膀，鼓勵道：「加油，平時不要忘記練習對冰的掌控……冰的溫度、放出時機、持續長短，每一個細節都會影響到這個魔法的效

用，千萬不要掉以輕心……還有，不要總是壓抑自己。」

人類魔法師的身體是魔力的容器，因此魔力強大的魔法師通常都不會太矮。每一次將魔力耗空時，都會刺激魔力的增長，和物理系的勇者鍛鍊肌肉是同樣的道理。

而歐文，雖說他在三年級學生裡算是年紀小的，但畢竟也快十二歲了，可是體格仍然變化緩慢。

歐文能以目前的身高擁有這種程度的魔力，無疑說明他的魔力密度很高，這是巨大的優勢，但如果容器不夠大的話，密度再大也……

在查德教授看來，歐文不長高肯定和他總是壓制自己的魔力不釋放脫不開關係。

「你必須盡可能的多使用魔法……否則不利於發育。」想了想，查德又補充道。

「是的，教授。」歐文看似虛心接納的回答。

人類提高魔法的方式並不適用於魔族，因此歐文很少真的按照查德教授的方法去做。不過，不可否認查德教授確實是個認真負責的魔法師，歐文相信自己如果真的是個人類的話，按照他的話肯定能夠有不少提升。

他並不討厭查德。

——但是不利於發育是什麼鬼？

歐文的腦子裡冒出了一個問號。

因為魔法需要強大的精神力，魔族的生理更優先頭腦的成長，他們的意識成熟得比人類早得多，身體發育卻要晚一些；然而，生長一旦開始，速度就會很快，魔族的平均身高是要高於人類的……體格另論。

反正，歐文並沒有覺得自己的發育有什麼不正常的地方，查德的話讓他摸不著頭腦。

查德教授沒有再解釋的意思，他對他們又點了點頭，普通的叮囑「早點休息」後，就離開了。

菲莉亞羨慕的看著歐文。

雖然查德教授表面上很冷淡，但任誰都看得出他對歐文有特別的關注；溫妮同樣也是查德的學生，可是查德剛才就沒有特別和她說話，反而一眼就看向了歐文。

——真不愧是歐文啊……

菲莉亞忽然有種沒來由的失落。

——歐文聰明、溫柔、善良，和誰都能愉快的相處……和我不一樣……不一樣啊……

趕了一天的路，所有人確實都累了。而菲莉亞並沒有失落太久，她用最後的力氣爬上樹屋，閉上眼睛，沉沉地睡去。

第二天一早，菲莉亞是在精靈之森清脆的鳥鳴中甦醒的。

樹屋很小，只有一個房間，而且除了屋頂之外什麼都沒有。瑪格麗特和溫妮就躺在她手腳邊上，她們還沒有醒。菲莉亞輕手輕腳的繞過她們，爬下樹屋，準備弄點水來洗漱一下，然後去看看能不能跟附近的精靈要點食物。

不過，菲莉亞沒料到自己在樹下碰到的第一個人會是卡斯爾。

在普遍都是金髮精靈的村莊中，卡斯爾的一頭紅髮依然十分耀眼，尤其是現在，他被一大群精靈包圍了。

包圍卡斯爾的精靈有高有矮，既有艾爾西那樣的小孩，也有相對身高像是已經成年的大人，看上去錯落不齊，可大家好像都很高興的樣子。卡斯爾也在精靈中爽朗的哈哈大笑，對這種狀況相當習慣。

——也對，卡斯爾在學校裡也是像這樣被學生們包圍的。

——以後，歐文會不會變得越來越優秀，也和卡斯爾一樣？

菲莉亞感覺自己那種不受控制的胡思亂想又跑回腦海裡了，她趕緊甩甩頭，把奇怪的念頭忘掉。

歐文是多麼好的人，他對所有人都那麼友善，肯定不會因為她不夠優秀就和她絕交的。只不過，以後歐文的朋友肯定只會越來越多而已，或許他會碰到更出色、更能與他共同進步的人……

菲莉亞覺得自己應該由衷的替歐文高興才對，卻不知道為什麼隱隱感到難過。

「菲莉亞！」這個時候，卡斯爾越過幾個矮小的精靈看到了菲莉亞，他立刻對她揮了揮手，「早安……對了！妳也一起過來吧。」

菲莉亞疑惑的走過去，卡斯爾將一塊糖放在她手心裡。

「去年我帶了一些這種糖過來，本來是自己吃的，結果這裡的精靈小孩倒是很喜歡，我就答應再回精靈之森的時候會幫他們帶一點來。」卡斯爾笑著解釋道，「結果今年母樹變粉色的時間比去年早，有些孩子已經進樹裡去了，沒來得及給他們，就有剩下來的。」

難道卡斯爾是為了踐行諾言，今年才跟著三年級生一起來的？菲莉亞握著糖有些發怔。

「怎麼，妳不喜歡吃甜的東西嗎？」見菲莉亞沒有什麼反應，卡斯爾擔心她不喜歡而在為難著。

「不、不是。謝謝……」菲莉亞回過神，連忙擺手道。

「那就好。」卡斯爾鬆了口氣笑起來。

菲莉亞眨了眨眼睛，問道：「那個……學長你……喜歡吃甜食？」

「對啊，妳也覺得有點奇怪嗎？」卡斯爾不好意思的抓了抓頭髮，卻不打算掩飾，「其實我因為這個經常被嘲笑……哈哈哈，我自己也沒辦法啊。」

坦率的承認完，卡斯爾笑得更開心了，露出虎牙。

「真的是，明明一把年紀了還喜歡吃糖……人類不是都覺得男孩子要強壯一點，吃甜食是軟弱的表現嗎？」一旁有個看外表是成年的精靈一邊含著卡斯爾給的糖，一邊抱怨：「而且你回來得太慢了！下一批小精靈都快出生了……」

「哈哈哈，抱歉。」卡斯爾爽朗笑道。

眼看卡斯爾又要重新回到被精靈包圍的狀態中去，菲莉亞也準備離開，一個體型比艾爾西還要矮小的精靈卻忽然拉了拉卡斯爾的褲管，指指菲莉亞，歪著頭，用小孩子軟軟的聲音綿綿的問道：「卡斯爾、卡斯爾，這是你的女朋友？」

小精靈的話讓菲莉亞瞬間紅了臉，她張惶失措的搖頭要澄清：「不是的、不是的，怎、怎麼會！我、我……」

——好像給卡斯爾學長惹麻煩了啊啊啊！QAQ

——雖然瑪格麗特都說她的救命恩人不是卡斯爾學長了，但是殘留的罪惡感好像還在吶嚶嚶嚶……

「哈哈哈，不是的，不要欺負菲莉亞啊，她會為難的。這個詞你是從哪裡聽來的啊？」卡斯爾大笑著回應小精靈，順便摸了摸他的頭髮，「不是『女朋友』，而是『女性朋友』，現在還是重要的同伴。」

說完，他看向菲莉亞，金色的眼睛裡笑意未散，彷彿全世界的陽光都在這一刻全部集中

在他臉上。

「妳不要在意啊！精靈靠母樹繁殖，因此本身就沒什麼婚姻或者愛情的觀念，喬伊納說這句話沒有那種意思的……對精靈來說，比較親密的關係是伴侶，一般都是不限定男女和種族的，唔……和我們相比的話，大概愛情的成分要少一些？」

問出這個不該問的問題的名為喬伊納的年幼精靈咬著手指，一副完全聽不懂卡斯爾在講什麼鬼的樣子。

然而就算他這麼說，菲莉亞臉上的溫度也不能一時半會兒就降下去，她感覺自己的臉頰都快要燒起來了。

「妳還真是容易害羞啊。」卡斯爾揚了揚眉，略帶調侃的說著，可神情並無惡意。

菲莉亞下意識的道歉：「對、對不……」

「這有什麼好道歉的！」卡斯爾毫不在意的說道，「不是很正常的事情嗎？放心吧，我不介意的。」

卡斯爾並不是那種口是心非的人，他說不介意應該就是真的不介意了……何況他的表情和神態都很自然，確實不像會為這種小事斤斤計較的人。菲莉亞總算小小的鬆了口氣。

望著菲莉亞如釋重負的樣子，卡斯爾卻略微收斂了笑容。

一開始的確只是因為姑姑的要求，才試著盡量照顧菲莉亞而已，但隨著兩人之間相處的

加深，他倒是真的有些在意菲莉亞了。

——這個女孩……比想像中更簡單。

不管什麼情緒都寫在臉上的笨蛋，哪怕在勇者學院這種盛產笨蛋的地方都找不到幾個，迪恩算一個，菲莉亞也算一個……當然，卡斯爾倒並不討厭這些傢伙。

王城的貴族圈子裡，幾乎人人都戴著面具。卡斯爾本身並不是個喜歡偽裝的人，可也從不干涉那些喜歡或善於偽裝的人，不過如果硬要選擇的話，他依然更樂意和好懂的傢伙在一起，這就是為什麼他會選擇離開王城來到偏遠的冬波利。

王城的學校，多少都帶著首都貴族圈裡那種皮笑肉不笑的風氣。

至於菲莉亞，她還是個小孩子呢，而且本質並不壞。

想起今年暑假短暫的回到王城老家時所聽到的事，卡斯爾稍稍有些猶豫。看情況，菲莉亞恐怕什麼都不知道。其實他也只是隱約從父親那裡聽到一點而已，並不是很確定消息的真實性。

菲莉亞平時說起家人，總是圍繞著哥哥和媽媽，對父親似乎不瞭解的樣子……

考慮了一會兒，卡斯爾還是覺得這件事情由他來講太不合適，況且他知道的資訊也未必完全準確。他重新恢復招牌的笑容，自然的摸了摸菲莉亞的頭，說道：「放心吧，這裡的精靈都是不錯的人，這一年可能會比較累，但是……」

卡斯爾笑得越發燦爛，「一定會有收穫的，我保證。」

會不會有收穫尚且不清楚，但很累這一點，菲莉亞迅速的感覺到了。

冬波利學院為三年級學生們安排的冒險流程基本上是這樣的：精靈分配任務給學生們↓在距離精靈村莊遠近不一的地方取回某樣東西或者收集哪些材料，有時候需要露宿↓返回彙報任務，根據任務完成度取得精靈的評分↓休息兩到三天↓得到下一個分配任務。

說起來並不複雜，可是因為身處在貨真價實的森林之中，而且沒有教授的指導，一切都只能根據自己的判斷來處理，還必須照應同伴，需要承擔的責任比在一、二年級學習時大得多，所以……沉重的心理壓力使得身體比平時更容易疲憊，哪怕是強力量型的菲莉亞和奧利弗，每天都過得精疲力盡，回到樹屋的時候，只要一閉上眼睛就能睡著。

沒過幾天，菲莉亞就覺得自己比在冬波利的時候瘦了一圈。

第六章 妳們願意和我結婚嗎？

十一月到來的時候，冬波利的學生們已經陸續全部抵達神樹村，精靈之森因為大量人類學生的到來，忽然熱鬧起來。

「約翰先生，午安，好巧！沒想到會在這裡見到你。」

天氣漸寒，夏日裡悶熱的午後反倒成了一天中最舒服的時光。

剛剛完成一次任務，正好是在難得的休息期，歐文春風滿面的微笑著向他們團隊的隨行勇者打招呼。

約翰看到歐文，彷彿有些吃驚，但他立刻反應過來：「你不用叫我『先生』什麼的，歐文，我只不過是個底層的老勇者，直接喊我約翰就好了……勇者協會裡也有人把我喊作老約翰之類的……我不像你們，大概一輩子也就這樣了吧。」

「哪裡的話，我們要向你學習的東西還有很多呢。」歐文亮閃閃的笑著，「不過，你也是來這裡曬太陽的嗎？」

「啊，是啊……」約翰感慨道：「在王國之心很少有像精靈之森這麼好的空氣，還有這麼清澈的陽光……」

聽著約翰平和的讚賞著精靈之森與城市不同的環境的美好，歐文始終維持著被菲莉亞譽為「天使一樣」的那種其實某種意義上有些可怕的微笑，並觀察約翰身上被動作牽扯的每一塊肌肉。

不知道為什麼，歐文發現自己對這個看似各方面都相當平庸的中年勇者十分戒備，總覺得他有什麼不對勁的地方，所以每次見到他一個人落單，都忍不住上前試探。僅僅是一種沒有緣由的直覺而已，歐文沒有任何證據能夠證明對方圖謀不軌，而且顯示出來的跡象還正好相反。

事實上，約翰．史密斯是個極為負責的勇者，他的資質或許平庸，有時候甚至連十三歲的卡斯爾都趕不上，可是卻極為恪盡職守，只要是在做任務，他就絕不會離開學生。

每次遇到野獸的時候，由於學校勒令除非遇到危險，隨行勇者不得出手的關係，所以他和卡斯爾都只能在旁邊乾看著，不過約翰次次都擺出戒備的姿態，等迪恩他們解決掉野獸，他也差不多滿頭大汗。

無論從哪個角度看他都是個普通又老實的人，可太過平庸，反而令歐文覺得不安。

「你為什麼會來精靈之森呢？」歐文裝作隨意的問道，「對勇者來說，陪著一群孩子過來裝模作樣的冒險，挺無趣的吧？」

「怎麼會呢？我已經過了那種意氣風發的年紀了，和你們這些充滿希望的年輕人不一樣的。」聽到他這麼問，約翰憂愁的嘆了口氣，他又重複了一遍「和你們不同」這種強調年紀衰老的話。

「人一到中年，就不得不開始考慮一些生計問題，而冬波利給的報酬很不錯……難道國

王陛下還會指望像我這種快五十歲還是低等勇者的人打敗魔王嗎？沒可能的，我只能自己為自己打算。勇者這種工作幹不了一世的，我前幾年開始就覺得手腳僵硬了……」

約翰稍微停頓了幾秒，像是很悲傷的樣子，「得趁現在還能夠活動，多存一點錢，養家糊口，還有讓以後老了能過得舒服些……」

聽到這些，歐文淺笑著道：「哦？說起來，倒是很少聽你說起你的妻子和孩子呢。」

「我哪有什麼妻子和孩子啊。」約翰苦澀的乾笑幾聲，「我說的養家只不過是我自己和一條老狗，那可真是條好狗，以前牠還能幫我，可惜現在老了，只能趴在院子前曬曬太陽，等我拿到傭金回去餵牠……」

和老年人說話是件無趣的事，他們一重複過去引以為傲的英勇事蹟就停不下來，不管對方有沒有興趣。同樣的情況體現在約翰身上，就變成了滔滔不絕的說著他的狗，大概是他自己實在沒有什麼值得講出來回味的過往。

歐文依然很有風度的保持著微笑，只是這類沒有營養的話題實在很難讓一個十一歲的男孩提起興致，哪怕他平時沉得住氣。歐文開始有些後悔過來試探約翰了，看起來他今天也沒做什麼不好的事，實在普通到使人睏倦。

約翰也漸漸注意到歐文並不喜歡他的話題，只好咂咂嘴，乾巴巴的停下來，小心翼翼的問道：「抱、抱歉，和我說話很無聊吧？我看得出來……」

「沒有，你的話題很有趣。」歐文昧著良心說。

兩個人陷入尷尬的沉默。

——看來這一次也是浪費時間，早知道就去找菲莉亞呢。

歐文在心裡撇了撇嘴，準備告辭，擺脫目前這個令人發窘的狀況。他正要開口，約翰卻率先一步又說話了。

「其實……我真的很羨慕你們。」約翰真誠的說道，那雙被沉重的眼皮壓扁的眼睛裡晃著懷念的光，「都這麼的年輕，有這麼多有趣的事，還有著激情……你喜歡菲莉亞吧？我看得出來，以前我也很喜歡住在我家隔壁的那個女孩子……」

「——哈？！」歐文反應誇張的瞪大眼睛，「我我哪裡看起來像是喜歡菲莉亞啊？！」

對歐文來說，這個問題簡直太熟悉了，第一次被問是他那個胡思亂想的爸爸，第二次是奧利弗的試探……就連歐文自己有時候都會在深夜睡著前問自己這個問題，每次都會想得輾轉反側。

然後，猝不及防的從他萬萬想不到的無關人士口中聽到同樣的問題，他頓時就炸了。

——難道全世界的人都覺得我喜歡菲莉亞嗎！！！(╯`□´)╯┻━┻

眼睜睜看著幾秒鐘前還從容冷靜的早熟男孩，一聽到「菲莉亞」這個名字就瞬間炸毛，老勇者約翰無辜的眨了眨眼睛。

「……難道不是嗎？」他不太確定的說著，「可是，你們總是在一起啊，而且你看她的眼神……」

「總是在一起就一定是喜歡她嗎！」歐文悲憤道，「如果這樣的話，你怎麼不說迪恩和奧利弗整天都在一起？」

「呃，如果你硬要說的話，迪恩和奧利弗的確關係很好，但這不是同一回事，該怎麼講呢……」老約翰苦惱道，「你難道不覺得自己對待菲莉亞的感情和對其他人不一樣嗎？」

老約翰忽然低下頭，考慮似的頓了頓，「不過，菲莉亞那女孩對你倒像是沒什麼特殊感情……可能是還沒開竅吧……」

歐文忽然感覺自己胸口被狠狠插了一刀，但他仍然嘴硬道：「這是當然的！我和菲莉亞只不過是普通朋友！她對我是這樣，我對她也是！我對菲莉亞才沒有別的想……」

「說謊！」

突然，查德的聲音從不遠處的樹叢後傳來，打斷了歐文的話。

歐文頓時有種被人抓住的窘迫感，尤其說話的還是一貫以冷靜自持著稱的他的主修教授查德，他下意識想用「我才沒說謊」之類的反駁再掙扎幾下，一回頭，卻發現根本沒有查德的影子。

然後，查德教授略帶惱怒的說話聲繼續從樹叢後傳出來：「妳不要太過分了！伊蒂絲！

我也不指望妳能真的在這裡幫上什麼忙……但妳能至少不要添亂嗎！」

「……我哪裡添亂了？我怎麼不記得我有幹什麼值得你這麼生氣的事。」伊蒂絲教授懶洋洋的回答，還順便打了個哈欠，「我明明每天都很老實的在樹上睡覺。」

歐文下意識的和老約翰對視了一眼，老約翰皺皺眉頭，對他做了個噤聲的手勢。

他們兩個都站在原地沒有動，教授對周圍環境的動靜都是很警覺的，且專程跑到這麼偏遠的地方來說事，而不是在村莊裡，就說明他們並不希望這段話被所有人都知道。要是發出聲音，在現場抓到被當作是偷聽的話，一定說不清楚，大家都會很尷尬的……

雖然現在這樣已經變成真的偷聽了……

人類魔法師親和的元素多少能反應出自身的個性，比如親和火、雷電等元素的希勒里教授就是個比較耍鬧的人，偶爾還會比較暴躁。

而親和冰、水和風元素的查德教授一貫是嚴肅冷淡的，至少歐文從未見過他在課堂上發過哪怕一次火，全校能夠讓他像炸彈一樣炸開來的人，大概就只有讓人捉摸不透的伊蒂絲教授了。

此時，查德教授正在控訴伊蒂絲的行為：「妳敢說妳沒有四處勾搭森林裡的精靈嗎！光是我看見的就有……我不知道有多少次了！伊蒂絲，妳平時和什麼人在一起鬼混我不管，但離精靈們遠一點！學院和精靈村莊有協議，如果妳對他們做了什麼的話，學院會有麻煩的！

妳最好……」

「有什麼可麻煩的，難道我還會讓精靈懷孕嗎？」伊蒂絲漫不經心道，「再說，只不過是玩玩而已，你知道，他們若不喜歡和我說話，我也不會強迫他們的……還是說，查德，你其實是在吃醋？」

「什——！」

「查德，你可不要想太多了。」伊蒂絲語氣懶散的說道：「雖然我吻過你，但你知道那對我來說不算什麼，玩笑而已。你可不是我喜歡的類型，像你這種無趣的男人，我實在提不起什麼興致……何況，你還是學院裡的教授……嘖。」

樹叢後的兩個人詭異地沉默下來，歐文幾乎要懷疑他們憑空消失了。

說起來，冬波利有教授之間不能談戀愛的規定嗎？為什麼伊蒂絲要說「何況你還是學院裡的教授」？

不過，伊蒂絲吻過查德教授……這恐怕也是個恐怖的大新聞了。

歐文胡思亂想了幾秒鐘，查德的聲音才再次響起，卻比剛才平靜溫柔很多：「……伊蒂絲，妳要是離開學院依然害怕的話，就回去吧。我可以在這裡多待一年，算是替妳的。」

「別想這樣賣我人情，查德。你怎麼會覺得我還在怕那種事？」伊蒂絲說，「漢娜特意把我弄到這裡來，不就是想告訴我外面已經安全了嗎？還一併把你送來做保險……嘖，我不

會向你道謝的！」

又是一陣沉寂。

許久，查德才開口道：「伊蒂絲，妳要是真的沒有在害怕的話，提起那件事的時候，就不要發抖。」

這句話讓偷聽的歐文也不由得一愣。

發抖……這擱在常年違反校規、看似天不怕地不怕的伊蒂絲教授身上，可真是有些難以想像。

伊蒂絲再開口的時候，也聽得出她變得十分惱火了：「沒有人逼你非要發表看法，你可以閉嘴，查德！我記得你是在我畢業那年才進冬波利的不是嗎？你只不過是從別人嘴裡聽說而已，根本不知道到底發生了什麼！」

查德沒有接腔，根據歐文的判斷，他此刻極有可能在扶眼鏡，這位教授幾乎每次感到緊張或者不安的時候，就會稍微推一下眼鏡。

伊蒂絲道：「我想我們最好保持一點距離，這對我們兩個都好……離回校頂多還剩六個月，這段時間我會和精靈保持距離，盡量不做惹你煩的事，你也不要來跟我說話，謝謝。」

樹叢後傳來一陣零落的沙沙聲，聽上去像是伊蒂絲教授躲回了樹上。

許久之後，查德教授嘆息了一聲，邁著沉重的步伐離開。

歐文感覺自己的腿都快站麻了。

旁邊的老約翰有點不明所以的問道：「你們學校裡的這兩個教授……呃，有什麼特別的關係嗎？」

「我不太清楚。」歐文心不在焉的回應，「我也是頭一回聽說有這種事……」

學校裡流傳的關於伊蒂絲的傳聞有一大堆，大多都是亂編的……伊蒂絲是因為害怕才躲進冬波利學院這種事，歐文更是一次都沒有聽到過。

查德教授和伊蒂絲教授的對話不清不楚，弄得歐文相當煩躁，恨不得跑過去搖著他們的脖子讓他們說清楚，然而卻不行……

▶◇◀◎▶◇◀

不管怎麼樣，伊蒂絲教授依舊是一副什麼都不在意的樣子，可她這次和查德教授冷戰卻是認真的。她果然沒有繼續在精靈村莊裡亂晃，一天到晚都見不到人。

查德教授肉眼可見的心情很不好，這讓過來冒險的學生們都摸不著頭腦，可又不敢問。

時間就這樣一天天過去，眼看著西風越來越冷，精靈的母樹由粉紅色一點點變深，最後成了極為濃豔的橙紅色，遠看如同一大朵晚霞。

然後，在雪冬節時期的某一天早上，母樹溫柔的彎下它的枝杈，將一顆成熟的果實放在地上。果實碰到地面旋即裂開，早已圍在母樹周圍等待果實成熟的精靈村長們趕緊上前，把藏在兩片果殼裡的雪白嬰兒抱出來。

這一年的第一個小精靈出生了。

作為人類的學生，菲莉亞他們當然對這一切是怎麼發生的感到非常好奇，於是每天過來圍觀，因此這天早上他們運氣很好的看到了這一幕。

卡斯爾已經是在這裡的第二年了，所以對精靈的很多習慣沒有新生們那麼驚奇，他雙手放在口袋裡，悠閒的說明道：「這幾天小精靈會陸續出生，然後才是二次發育的成年精靈回歸大地……這一次出生的小精靈數量不會太多，因為大部分果實都拿來給未成年精靈發育使用了。聽說夏末的那一批果實，新精靈降生的數量會是這一批的兩、三倍……唔，真想親眼見識一下啊。」

「哈？萬一都跟那個艾爾西一樣的話不是很煩嗎？」迪恩胡亂抓弄自己的頭髮，完全不理解卡斯爾的意思，「說起來，那傢伙是不是也快發育好了？嘖……」

迪恩說得沒有錯，在小精靈出生之後，終於發育成熟的十五歲精靈們也陸續從果實中出來，母樹用樹葉為他們編織了合身的衣服，好讓這群已知羞恥的新生成年精靈不必面對赤身裸體的尷尬。

神樹村一下子熱鬧了起來，不時有新出生的大人在村莊中亂晃。菲莉亞偶爾也會覺得艾爾西有些嬌氣，可她不像迪恩那樣厭惡艾爾西，畢竟任誰都很難討厭一個明顯的格外喜歡自己的人。所以，菲莉亞其實經常會期待艾爾西從果實裡出來的樣子。

——艾爾西未成年的時候就那麼漂亮，成年後一定會是非常美麗的女性吧？

這段時間菲莉亞倒是也知道了精靈要在成年後才會有性別的事，不過她仍然先入為主的認為艾爾西一定會選擇成為女性，畢竟她的外貌和行為無一不透露著她是一隻想要長成女性的精靈。

然而，艾爾西一直沒有第二次出生。

母樹的橙紅色彩已經漸漸暗淡下來，樹上剩下的果實不多了。

各個村莊的村長們每天望著樹上的果實發愁……

這些未成年精靈們再不重回大地的話，果實就要爛掉了。這種事情並不是沒有發生過，的確時常會有在發育中出現問題的精靈直到果實爛掉都沒有降生下來，這種情況一般會被稱為「被母樹留住了」。

一月底的時候，母樹上終於只剩下一顆果子了。

看著艾爾西長大的那名精靈村長總是站在樹下，安慰著其他擔心的精靈說：「別急，別急……艾爾西是最後一個進入樹裡的，晚一點出生也很正常……再多等等幾天，說不定再過

幾天，艾爾西那孩子就蹦蹦跳跳的出來了。」

一等又是一個禮拜。

菲莉亞總是在完成任務後就到樹下來看看。連平時提起艾爾西就沒什麼好話的迪恩和奧利弗，最近也不再說了。

然後，在越來越凝重憂愁的氣氛中，最後一顆果子總算在一個黃昏時分被母樹輕柔的放在地上。

焦急的等了這顆果子如此久，神樹村幾乎立刻就炸了，看到這一幕的人紛紛奔相走告，不一會兒果子周圍就聚集了不少人，聞聲趕來的菲莉亞和歐文費了好大功夫才擠到前面。

老村長緊張得手都在抖。

這時，果子的硬殼在眾目睽睽之下裂開。一個比其他所有精靈都要高大、健壯的金髮青年，睜開澄澈的藍色眼睛，緩緩舒展四肢站了起來。

剛剛睜開眼時，新生的艾爾西看上去還有些茫然和迷惑，他無辜的用寶藍色的眸子打量著四周，彷彿不理解為什麼會被這麼多人包圍著。

然後周圍匯聚的人群也默契的保持沉默，無聲的圍觀這個龐然大物。

對，龐然大物。

精靈的體型通常都是纖細而嬌小的，儘管經過二次發育後體型會有一個明顯的改變，幾

乎能長到原本的兩、三倍大，可仍然改變不了精靈體型比人類小得多，而此時眾人目光下的艾爾西……他好像比旁邊的老勇者約翰還要高啊！

於是，在一大群精靈和剛進入三年級的學生們的襯托下，艾爾西的高大分外鮮明。

迪恩驚得下巴都合不上了。

「這、這……這還是艾爾西那個娘娘腔嗎？！」

菲莉亞也覺得好吃驚，她這幾個月來都是認真的把艾爾西當成是女孩子，還跟瑪格麗特和歐文都這麼說過幾次……好丟臉嚶嚶嚶。

果然她還是太年輕了……下次有結論之前絕對不能亂說話。QUQ

不過，就算感到十分吃驚，菲莉亞仍然由衷的為艾爾西能夠順利回歸大地感到開心。說不定就是因為母樹想要讓他長得這麼高大，所以才讓他在果殼裡待了那麼久吧。

剛出生的精靈通常很疲憊，需要儘快休息。在發愣之後，幾個精靈村長很快反應過來，紛紛上前費勁的攙扶艾爾西的手臂——沒辦法，精靈村長的體型在艾爾西面前簡直和小矮人一般。

提前為艾爾西準備的換洗衣服也用不上了，他完全沒辦法穿上為精靈成年人準備的「均碼」服。

想到很快還要替這麼大一隻精靈找工作，精靈村長感覺頭都大了。

他到底當魔法師好還是當弓箭手好啊啊啊啊？當魔法師感覺浪費肌肉，可是這麼大的體型樹木藏不住他吧……

艾爾西被扶走後，溫妮忽然雙手捧住臉頰，「好、好帥啊……」

「啥？！」迪恩吃驚的望著溫妮，「那個娘娘腔是稍微長高了一些，但他離帥還是有點遠吧？妳看艾爾西的那頭金髮……」

「他是精靈啊！精靈當然應該是金髮。」溫妮反駁道。

聽到溫妮的話，歐文不禁一頓，面上雖然仍不動聲色的保持著微笑，心裡卻忍不住不平衡起來，明明風刃地區的居民金髮再正常不過了，但是平時根本沒有人為他說話啊喂！

菲莉亞默默的看著溫妮和迪恩開始爭執，她偷偷瞥了一眼淺笑著的歐文。

——金、金髮明明……本來就挺好看的呀……

▶◇◀◎▶◇◀

艾爾西順利出生後的第二天，菲莉亞的勇者隊伍就又接到新的任務，全體出發離開神樹村。等他們再回來的時候，時間又是小半個月後了。

他們重新抵達神樹村時是早晨，趕了一整夜的路，大家看起來都相當狼狽。

「菲莉亞！瑪格麗特！溫妮！」

忽然，村莊某處有個欣喜的聲音準確的喊出了隊伍中所有女孩子的名字，接著就是一陣腳步聲。一路跑過來的青年穩穩的停在他們面前，高大的身影差不多擋掉一片陽光，他羞澀的摸了摸金髮，問道：「妳們終於回來了！還、還記得我嗎？」(*/ω＼*)

菲莉亞勉強抬起了頭，瞇著眼睛辨認，她實在很睏很想睡覺。

「艾、艾爾西？」她不確定的問。

聽到菲莉亞叫出自己的名字，艾爾西高興的點點頭。同時，他發現幾個女孩臉上都有泥巴，於是拿出手帕來替她們擦臉。

此時的艾爾西，和剛從果實裡站起來的艾爾西看起來又不一樣了，首先……他穿上了衣服，而不是身上只有幾片母樹的大樹葉作蔽體；頭髮沒有了剛爬出來時那種黏糊糊的感覺，變得乾淨飛揚，他的神情也一掃當時的混沌迷茫，目前是精神奕奕中帶著些許靦腆。

但，完全是……大人的感覺。

菲莉亞乖乖的任他擦著臉，覺得很吃驚，明明在幾個月前艾爾西還是個鬧著要別人揹著走路的「小女孩」，短短幾個月後，就變成這麼高大的男人了。

「我要向妳們道歉，第一次見面的時候，我對妳們做了很無禮的事。」艾爾西將擦過臉後變髒的手帕丟到一邊，彎下膝蓋，單膝跪在地上，湛藍的眼睛輪流凝視著她們三個女孩，

最後視線還是停在菲莉亞身上，「之後還沒有禮貌的要求妳們揹我來母樹這裡，希望妳們能接受我真誠的歉意。」

「我、我沒有關係的。」菲莉亞連忙擺手，她並不覺得艾爾西重，而且那麼久遠的事，她早就不放在心上了。

溫妮也道：「我也沒有關係……當、當時你很可愛啊。」說著說著，溫妮微微紅了臉。

瑪格麗特沒說什麼，不過明顯也是沒往心裡去的樣子。

迪恩雙手環胸，在一旁沒好氣道：「喂，我們也有揹你吧？怎麼只向她們三個道歉啊？」

然而，艾爾西顯然對會說話的空氣沒有任何興趣，他繼續凝視著三個女孩，眼神溫柔而深情，「我也要感謝妳們……是妳們讓我成為了現在的我，我懷抱著為妳們成為男性的願望進入母樹，而母樹成全了我的願望……所以，現在……」

艾爾西頓了頓，一手握住站在左邊的菲莉亞的手腕，另一手握住站在右邊的溫妮。

「現在，妳們願意和我……按人類的說法是……妳們願意和我結婚嗎？」(*/ω＼*)

「噗！哈哈哈哈……」卡斯爾忍不住捧著肚子笑了起來。

不過，除了卡斯爾，另外三個年輕的男孩臉色都不好，尤其是歐文，他差不多是面色慘白了。

歐文用最快的速度把菲莉亞的手從精靈手裡扯了出來，並且下意識摟住她的肩膀拉進自

己懷裡，擺出維護的姿勢。

歐文自己對這個姿勢沒覺得哪裡不對，可是菲莉亞剛剛沒被艾爾西的求婚弄紅的臉，卻在一秒鐘內燙了起來！

——欸欸欸欸靠、靠得好近！Σ(つ°Д°;)つ

先是臉頰不可控制的發熱，接著菲莉亞的心臟也跟發了瘋一樣跳動起來。

菲莉亞原本並沒有將艾爾西說的求婚當真，畢竟六、七歲的小孩子就算外表一下子變成大人，她也很難真的把他當作成人來看。況且艾爾西一次向她們三個求婚，怎麼看都不像是認真的。

可是……不知道為什麼，歐文較真的反應，讓她莫名的覺得……覺得……

——有點高興。QUQ

菲莉亞感覺自己肯定是瘋了……

另一邊，歐文把菲莉亞搶回來後，也看見她臉上極其不自然的紅暈，頓時心口一痛。

——她竟然因為眼前這隻蠢精靈的求婚而臉紅了啊啊啊啊！！

不知道為什麼，歐文發現自己看這隻精靈更不順眼了……

這個時候，卡斯爾終於笑夠了，他用手指擦了擦笑出來的眼淚，解釋道：「很抱歉，艾爾西，按照海波里恩的法律，你不可能同時和三個人類女孩結婚的。國家只保障和支持一男

一女的婚姻。」

艾爾西皺了皺眉頭，「……這麼說，我只能和她們之中的一個結婚嗎？」

聽到這個問題，歐文下意識的又把菲莉亞往自己懷裡藏了藏，菲莉亞的臉變得更紅了。

「哈哈哈，也不行。」卡斯爾道，「她們年紀都還太小了……瑪格麗特，我記得妳和我同齡，是十三歲？而且比溫妮和菲莉亞要大？」

瑪格麗特點點頭。

「那樣的話，即使是和瑪格麗特結婚也還要再等一年。」卡斯爾忍笑著說，「不過，艾爾西……你確定你是同時喜歡她們三個嗎？」

卡斯爾頓了頓，神情稍稍嚴肅起來，「精靈不需要透過結合來繁衍後代，所以我知道你們對待異性的態度和我們有很大的不同……艾爾西，你要明白，對我們的女孩來說，婚姻並不是這麼輕率的事。不只是你喜歡她們，她們也要喜歡你才能在神的面前進行宣誓。」

艾爾西似懂非懂的眨了眨眼睛，「也就是說，我只要再等兩年，然後和她們之中最喜歡我的一個結婚就行了，對吧？」

迪恩咆哮：「明顯不對吧？！」話說她們誰都沒答應你的求婚吧？！

這種懵懂天真的話，從一個外表是成年人的男性口中說出來，實在是怪詭異的。迪恩咆哮的同時，奧利弗用力拍拍他的肩膀，表示自己堅定的站在迪恩這一邊，完全反對精靈男性

勾搭自家妹子的可恥行為。

瑪格麗特冷哼一聲移開了視線。

菲莉亞聽到溫妮湊在瑪格麗特耳邊，用期待的聲音小聲問道：「那、那個，大小姐，要是最後是我最喜歡他的話，我可以和他結婚嗎？」

瑪格麗特：「……」

菲莉亞明顯的感覺到，歐文放在她肩膀的手又略微收緊了些。

卡斯爾則又哈哈哈的笑了一會兒，寬容道：「你姑且就這麼理解吧，更深入的東西，萬一你以後需要離開精靈之森時再瞭解也不遲。」

將艾爾西哄走、讓他一個人去思考人類的婚姻觀之後，菲莉亞他們又得到幾天的休息。

▶◇◀◎▶◇◀

短暫的休息過後，新的任務又來了。

迪恩有些疲憊的抱怨道：「不能再等幾天嗎？這幾天下雨下得很厲害啊。」

「越等只會下得更厲害而已。」發任務給他們的精靈村長摸著白花花的鬍子，「春天到了嘛，雨只會越下越多的……」

天氣的變化是最近幾天開始的，首先是氣溫開始慢慢上升，接著是時不時降下的雷雨。精靈之森的雷聲有時候非常嚇人，菲莉亞有幾次晚上睡覺時，甚至覺得樹屋會被雷聲震塌。另外就是雨水，雨時大時小，不知是不是因為森林的關係，只要土地剛一變乾，天空就會降下另一場大雨，讓土壤重新濕潤起來。

總之，晾曬衣服變成了一件麻煩事，菲莉亞總是覺得身上潮潮的。這種天氣在外露宿絕不是件舒服的事，尤其是碰到晚上下雨，菲莉亞光是想到那種冰冷又濕答答的感覺，就已經有點想要拒絕了。

老村長道：「不要這麼緊張，你們這些年輕人……這次給你們的任務很簡單的，只要將這幾種春天生長的植物帶回村莊來就可以了，要是順利的話，頂多三、四天的工夫。」

「嘖，三、四天也很討厭啊！我怎麼覺得今天晚上就會下雨了……」迪恩有些不高興的說，但還是從精靈村長手裡接過畫有植物樣式的卡片，「話說，你不會是借我們幹苦力吧？」

村長笑得高深莫測，「一舉兩得，有什麼不好的？」

剛來精靈之森的新鮮勁早已過去，任務的內容都大同小異，冒險進行到現在，大家都感到相當疲倦了。尤其最近天氣不好，其實所有人都不太願意離開遮風擋雨的地方。

一行人有些厭倦的走著。

忽然迪恩停住腳步，「——我們分開行動，怎麼樣？」

「什麼？」歐文推了推眼鏡，皺起眉頭。

迪恩越想越覺得自己的想法不錯，自信的解釋道：「那個老頭子給了我們好幾種植物要找，如果我們分開找的話，會快上許多……現在我們對周圍的地形也熟了，這附近根本沒什麼特別凶猛的野獸，只要有兩個人就足夠對付了。我們兩人一組，每組找一到兩樣，說不定今天黃昏之前就能完成任務！最後我們再到神樹村村口會合就行了，你們覺得怎麼樣？」

說完自己的計畫，迪恩感覺簡直不能更完美了，他興奮的觀察著其他人的表情，希望能夠得到讚賞。

歐文摸了摸下巴，的確沒有想到特別大的缺陷，唯一可以算得上漏洞的，大概就是不聚在一起肯定會削減戰鬥力，萬一遇上危險的話，風險會增大。只是迪恩說得沒錯，幾個月下來，精靈之森他們都很熟悉了，這裡幾乎沒有算得上是凶獸的野獸，碰上的機率太小了，應該不會像和菲莉亞在學院森林落難那次運氣不好的遇上黃紋巨貓……

難道迪恩這個傢伙這次真的提了個好建議？

奧利弗因為對自家損友的不可靠程度有深刻瞭解，因此不敢輕易答應他的計畫，可他翻來覆去的考慮，也沒發現什麼漏洞，只好推給歐文：「歐文，你覺得呢？呃……我好像沒發現什麼不好的地方，今晚十之八九會下雨，我一點都不想露宿。」

歐文點了點頭，「我也沒覺得有什麼問題……」

瑪格麗特向來不喜歡參與決策，只在他們的想法極度不可靠的時候才出聲，溫妮則事事跟隨瑪格麗特，因此她們好像也沒有意見的樣子。菲莉亞則在保險起見和不必露宿淋雨中掙扎了一下，最終對下雨天的厭惡還是戰勝了對安全的渴望，決定支持分頭行動。

分組其實沒什麼懸念，和之前一樣，菲利亞與歐文一組，奧利弗和迪恩，然後瑪格麗特和溫妮。

隨行勇者不能干預勇者團隊在冒險中的決定，儘管不是很贊同，但卡斯爾卻不能提出意見，他苦惱的摸了摸頭，說：「你們分成三組的話，我和約翰要跟著你們就有點麻煩了……總不能把我切開兩半吧？」

「沒事！」迪恩拍著胸脯說，「你們提前回村莊等著吧！我們弄到東西就回去，不會給你們添麻煩的。」

「這可不行。」卡斯爾搖頭，「這可是我的工作。」

總是保持沉默因此存在感相當低的老約翰忽然開口道：「我跟著瑪格麗特她們吧。瑪格麗特小姐視力不太好，溫妮相對來說實力不是很強……我覺得她們會需要照顧。」

瑪格麗特感覺自己被輕視了，厭惡的皺皺眉頭，可是她也很清楚這些是實情，因此沒有反駁。

卡斯爾的腦殘粉奧利弗立刻從這些話中找到靈感，激動道：「我和迪恩都是近戰類的勇

者！攻擊距離近，比較容易有危險！菲莉亞和歐文的攻擊距離都很遠，比我們安全多了。學長，你跟著我們吧！」

卡斯爾稍微考慮了一下。某種意義上來說，缺乏遠端戰士的隊伍的確危險性會高一些，而且歐文和菲莉亞都不是不知道分寸的人，尤其是歐文……他看上去溫順，其實是所有人中警惕性最高、最冷靜的一個也說不定。

「哈哈哈，好啊！」於是卡斯爾笑著答應下來，他轉向落單的兩個人，說道：「抱歉，菲莉亞、歐文。你們要是遇到什麼危險的話，一定要發出求救訊號，我會儘快趕過去。」

菲莉亞用力點頭。

歐文微笑著道：「你放心吧，卡斯爾學長。」

——和菲莉亞在一起的時候才不需要多餘的人好嗎！尤其是討厭的紅毛！

決定好後，大家就在下一個岔路口分開，到各個方向尋找分布地點不同的植物。

村長給的目標並不是什麼特別難找的東西，歐文和菲莉亞這一邊相當順利，一下子就找到了。他們正準備趕回去，但下午四、五點鐘的時候，天空忽然開始打雷下雨。

春天的天氣就像嬰孩的情緒一般陰晴不定，最初雷聲雖大，可是雨點不大，他們還能頂著雨繼續往村莊走。沒過多久，雷聲停了，雨水卻不要命的往下砸，還伴隨著誇張的大風，

彷彿有意阻斷他們回村的步伐。

「今晚可能沒辦法繼續走下去了，菲莉亞……我們暫時露營吧。」歐文斟酌了一下，提議道。

菲莉亞被迎面而來的風颳得張不開嘴，只好用力點頭。

這裡離精靈村莊並不遠了，他們運氣還算不錯，沒幾步就找到一個建在高樹上的廢棄樹屋，屋頂還沒全破，尚可遮風擋雨的樣子，兩人趕緊互相扶持著爬上去。

「好、好冷啊！」菲莉亞抱著自己的身體，哆嗦著說。

氣溫本來就還沒有完全回暖，一下雨就變得更冷了，何況此時天色已經暗了下來，等到半夜……菲莉亞簡直不敢想像。

歐文拿著打火石敲了兩下，搖搖頭道：「不行，太潮濕了，火點不起來。」

「樹屋裡面不能點火啊，要、要是燒起來的話怎麼辦？」菲莉亞連忙制止。

菲莉亞本來穿著保護用的盔甲，此刻卻太沉重了，水又滲進了盔甲裡，非常不舒服，所以她進樹屋之後就把盔甲卸了下來，並小心翼翼的擰乾身上的衣服。

歐文的眼睛則漸漸適應了黑暗，他不經意的將視線落在了菲莉亞身上，但只是匆匆一眼就飛快移開，不敢再看，臉上和火燒一樣。

因為渾身上下都被雨水打濕，菲莉亞鎧甲內的所有衣服都緊緊的貼在身上，勾勒出開始

發育的少女有著隱約曲線的身形。

歐文不由得坐立難安，不知道為什麼，腦海中有個古怪的聲音慫恿著他再去看一眼菲莉亞，看清楚她胸部和腰肢之間的弧度；這個聲音還讓他過去抱住菲莉亞，寒冷下雨的夜晚絕對是個絕佳的藉口，他們只不過是取暖而已，就像之前被困在那個大坑洞裡時一樣，菲莉亞的體溫，他的體溫……

──混蛋我在想什麼啊啊！！

歐文粗暴的阻斷自己腦海裡越走越詭異的思路，然後用腦袋撞樹屋的牆，好讓那個討厭的聲音趕緊停住。

他絕對不是喜歡菲莉亞！絕對不是！！他對菲莉亞是最忠誠且純潔的朋友感情！！絕對沒有侮辱菲莉亞的任何想法！！絕對沒有啊啊啊啊！！！

「歐、歐文，你、你在幹什麼？」菲莉亞被歐文忽然以頭撞牆的動作嚇到了，停止了擰頭髮的動作，爬過去一把拉住他，「這、這裡本來就不是很穩，牆會壞掉的……」

菲莉亞的話還沒說完，樹屋外閃電一閃，接著一聲巨大的雷聲應光而來，硬生生將她的話打斷。

歐文的視線極不自然的落在菲莉亞握著他手臂的手上……

這可是赤裸裸的身體接觸啊！

然後，他忽然有種想跑到樹屋外淋淋雨冷靜一下的衝動……

菲莉亞覺得今晚歐文看起來有些不正常，不過儘管稍微有點奇怪，她還是在短暫的困惑後就自然的休息了。

或許早點睡覺，這個夜晚會過得快一點。

她和歐文這一次的狀況遠比先前被困坑洞裡好太多，至少他們沒有丟掉行李，食物和水都充足，睡袋也在身邊。

鑽進睡袋後，菲莉亞很快發出均勻的呼吸……而歐文那邊就是另外一個情況了。

——根！本！睡！不！著！

樹屋本來就小，菲莉亞又為了安心，直接把睡袋鋪在歐文邊上，現在她睡著時溫熱的氣息就會擦過某個躁動的魔族少年的臉頰和脖子……完全沒辦法平靜的睡著啊！

歐文悲憤的睜開眼，菲莉亞把自己埋進睡袋裡只露出臉，他總算又可以坦然的看她了。

因為平時露營男女各睡一邊，他幾乎沒有機會見到菲莉亞熟睡的樣子。

她看起來毫無防備，微捲的睫毛在眼瞼下打上一片小小的陰影，她呼吸微微發顫，有時候會不自覺的抿嘴。

鬼使神差的，歐文默默的把臉靠了過去……

然後，又是一聲巨大的雷鳴。

歐文猛地坐了起來。

樹屋外面似乎有人聲，還有什麼東西在地上拖動的窸窸窣窣的摩擦聲。

——都快半夜了，怎麼還會有人在這裡？

歐文皺了皺眉頭，總不會是迪恩或者瑪格麗特半夜還在趕路經過吧……

他緩緩從睡袋裡爬出來，某種直覺提醒他必須保持謹慎，因此這一連串的動作幾乎沒有發出任何聲音。歐文慢慢將頭探出窗外，瞇起眼睛查看外面的情況。

混沌的黑暗中，地面上有一團黑影在大雨中拖著什麼東西緩慢的移動。

這時，一道閃電剎那點亮了夜幕的背景，藉著這一瞬間，清楚看見情況的歐文，瞳孔驟然收緊——

轟鳴聲接踵而至，比此前任何一聲雷鳴都來得響亮可怕。

菲莉亞被雷聲吵醒了，她疲憊的揉揉眼睛，發現身邊的睡袋是空的，於是困惑的喊了一聲：「歐文？」

菲莉亞的聲音在這只有雨聲的夜晚，格外清晰。

下一道閃電接著到來，照在拖著一動也不動的伊蒂絲教授的老約翰面無表情的臉上。他順著聲音往上看，恰與探出頭來的歐文四目相對。

第七章 鐵餅女孩＝人形殺器

此時，受傷的瑪格麗特正艱困的揹著失血過多而昏迷不醒的溫妮，在風雨中橫衝直撞。

從第一次見到老勇者約翰．史密斯，瑪格麗特就有一種極為討厭的感覺。

因為自我放棄視覺，她的感官都在多年的鍛鍊中變得十分敏銳，另外還有對危險的感知力，這是她在嚴重近視的情況下賴以生存的籌碼。

只是這一次，雖然對約翰．史密斯產生了強烈的厭惡之情，但是她的危險感知卻沒有發出任何的警報，而那種討厭的感覺也說不出所以然來。因此瑪格麗特只能盡量和他保持距離而已。

同時，不知是怎麼回事，這個男人好像有一種容易被人忘卻的特質，瑪格麗特沒多久就忘記了這個隨行勇者的存在。

他相當低調，很少說話，總是走在隊伍最後，對於看不清楚的瑪格麗特來說，不說話的人就和消失了沒什麼區別。直到他主動提議跟著自己和溫妮，瑪格麗特才猛地記起這麼一號人來。

幾乎是立刻，她想要拒絕……可是只要用理智想，就會知道對方的提議是對的。

從約翰單獨跟著她和溫妮後，瑪格麗特的神經就在警戒著，然而對方潛伏的比她想像中還要深，他並不是自己所說的劍士，而是個刺客。

這樣就說得通了，難怪對方如此善於隱藏。

瑪格麗特是在和對方格鬥中受傷的，溫妮則是替她擋下了最初那把出其不意飛過來的匕首。她差不多是從一反應過來就在試圖逃命……這個約翰．史密斯並不是造詣普通的刺客，他顯然在這個領域有相當的水準。

——很強，說不定要強過伊蒂絲教授。

瑪格麗特並不知道其實約翰．史密斯已經跟蹤了伊蒂絲好幾天……不，他從一開始充當隨行勇者的目標就是伊蒂絲。自從伊蒂絲和查德開始冷戰，極少出現在學生視野中之後，他就知道自己的機會來了。

實際上他也並不叫約翰．史密斯，他的名字是利奇．芬克爾，是伊蒂絲教授就職之前的上上一任的刺客學教授，也是引導伊蒂絲走上刺客之路的老師。

他是被冬波利革職開除的。

當然，利奇從不接受冬波利開除自己的理由，他的行為絕不能算性騷擾。他只是愛上了一個學生而已，強烈的愛情讓他變得不像自己了。

他本來準備殺掉瑪格麗特的，並斷定這會讓伊蒂絲覺得高興。這個女孩傲慢、高調，她實在太像伊蒂絲侍奉過的那位貴族小姐了。

不過瑪格麗特成功的逃了出來。她只能憑著方向感前行，盡量不去磕碰到背後的溫妮。她並不知道自己選擇在風雨中逃亡是對還是錯，但無論如何，讓她們在那個約翰．史密

斯存在的附近休息實在太令人不安了，鬼知道他會不會找過來。

直覺告訴瑪格麗特，她必須離得越遠越好。

可瑪格麗特實在太累，她身上那可怕的傷口正源源不斷的冒出鮮血，痛感都麻木了。幾分鐘後，她跌在地上。

重物著地的響動終於把一隻在風雨交加裡思考婚姻哲學的成年精靈從思維殿堂中喚醒，艾爾西從樹上冒出頭，瞪大眼睛道：「瑪、瑪格麗特？溫妮？我的天，妳們身上好多血！」

他連忙從樹上衝下來，母樹給他的身體終於派上用場，讓他可以同時抱起兩個人類女孩。

比起人類，精靈更耐得住雨水，雨水使他們的頭腦更清醒，精神更活躍。

——這種時候應該要怎麼辦來著……

——她、她們是不是有一個負責的導師，叫查德還是什麼的？

▶◇◀◎▶◇◀

「歐文。」容貌平庸的中年勇者鬆開手，於是沒有意識的伊蒂絲跌在地上，那頭引人注目的紅色秀髮被泥水浸染，「你和菲莉亞怎麼還在這裡，沒有及時回到營地嗎？」

對方和平常一樣的語氣在這種環境下反而顯得更加詭異。

歐文推了推眼鏡，努力抑制住恐懼的顫抖，維持著鎮定道：「晚安，約翰先生。比起我和菲莉亞，你和伊蒂絲教授……在這裡做什麼？」

此時，菲莉亞已經察覺到不對勁，同時她那聲無意識的呼喚很可能造成了什麼巨大的麻煩。她走到窗邊，然後在看清楚他們的隨行勇者那張在雨水中分外慘白猙獰的臉，還有倒在地上不省人事的伊蒂絲教授時，她下意識的抓住了歐文。

約翰慢慢的從衣服裡摸出他的武器，並不是那把一直掛在腰間的長劍，而是一把匕首。然後，他一步步走向樹屋。

「你是個聰明的孩子，歐文，我一直知道你很聰明。」他的喉嚨裡有氣流摩擦著聲帶，發出沙啞的聲音，「你應該猜得到我在做什麼，還有接下來會發生什麼。」

——我哪裡猜得到你這種變態在這裡做什麼！大半夜的綁架一個妙齡女教師怎麼看都是變態吧！

歐文內心咆哮了大約有好幾秒鐘，表面上卻仍然是勝券在握的微笑，說道：「你可真是太高估我了，我什麼都猜不到。」

歐文的腦袋飛速運轉著，他的心臟一沉，略微有了打算。

「既然你能打敗伊蒂絲教授……我想我們打不過你，約翰先生。」歐文將他的魔杖從樹上扔了下去，表明自己沒有武器，「我和菲莉亞會當作什麼都沒有看見，你把那個一向對學

生不負責任的教授帶到哪裡去都沒問題，怎麼樣？」

約翰的表情不再是平時的木訥呆板了，他饒有興味的打量著歐文，還有地上那根魔杖。

他踢了踢這根鑲著寶石的棍子，坦白說，以他多年的經驗來看，這並不是一根好魔杖，或者可以說它非常的糟，大概在任何一個販賣魔法道具的小攤子上花幾個硬幣就能夠買到，但……它的確是歐文慣用的魔杖，也是唯一的一根。

既然對方主動將武器送到他手上，當然沒有浪費機會的道理，老約翰將歐文的廉價魔杖從泥裡撿起來，輕輕一掰……

「啪。」

魔杖斷了。

聽到魔杖斷裂的聲音，菲莉亞一抖，她下意識的扯住身旁男孩的袖子，輕聲道：「歐、歐文……」

魔法系的學生們都以擁有昂貴新潮的魔杖為傲，因此通常隔幾個月就會換一根魔杖。但將近三年以來，歐文自始至終都用著同一根魔杖，從來沒有換過，在菲莉亞看來，歐文對這根魔杖絕對有特殊的感情。

——竟、竟然就這樣斷了！不、不可原諒！

菲莉亞心底的悲傷和憤怒同時升了起來。

「沒關係的。」歐文笑著拍了拍表情極為緊張的菲莉亞，「只不過是根便宜的魔杖，等回到村莊，我再從精靈那裡買一根就是了。」

後天學習魔法的人類釋放魔力必須藉助媒介，也就是魔杖。與將魔法刻進生命裡的魔族不同，魔族不需要媒介也能自由的釋放魔力。當然，魔杖可以使釋放的速度變得更快、效果更好，因此大部分魔族還是願意在不嫌麻煩的時候用魔杖。

另外，一些魔法本身就很強大的魔族用不用魔杖都沒什麼區別，比如說經常玩魔法徒手捏玫瑰的魔后，當然魔王也可以。

歐文的魔力還在成長中，沒有父母那麼強大，不過他在艾斯的家庭教師不希望他過於依賴魔杖，所以從來不給他使用。因此，歐文平時帶著那根魔杖，只不過是為了偽裝成人類而已，有沒有魔杖他完全不在乎。

現在放棄魔杖，是為了給約翰造成他確實沒有攻擊能力的錯覺。歐文自然不會傻到相信放棄武器後，對方就會乖乖走掉，他也沒準備讓他帶走伊蒂絲……嘖，那個生活隨興的女教師如果死了的話，菲莉亞肯定會很傷心的。

他的計畫是等到那個老約翰靠近的時候，直接用冰砸他一臉，趁他沒有防備，把那些冰渣的尖刺全都扎進他臉上去，再用另一隻手凝聚冰錐攻擊他。

從這傢伙用的武器就能看出來，他根本不是什麼劍士。刺客最重要的就是敏捷的身手，

而他竟然能幹掉伊蒂絲教授，恐怕是這一行中的佼佼者，歐文並不認為自己的直接攻擊能有效，那麼還不如玩點偷襲的陰招。

——即使要殺死他，也絕不讓他那雙髒手碰到菲莉亞。

然而，光是看著歐文似乎雲淡風輕的神情，菲莉亞就難過得快要哭出來了：他絕對是故意裝出毫不在意的！太堅強了……歐、歐文真是個好人！QAQ

同時，她對老約翰的怒火上升得更厲害。

對方掰斷魔杖後，又對菲莉亞揚了揚眉，說道：「只有魔杖太沒有誠意了。如果我轉身之後，菲莉亞用鐵餅攻擊我怎麼辦？」

歐文皺了皺眉頭：「那塊鐵餅對菲莉亞來說很重要。」

「我知道，但我又不可能徒手掰斷鐵餅。」老約翰怪異的勾著嘴角說，「等我離開後，你們再下來撿就是了。」

歐文還要再說什麼，菲莉亞卻打斷了他：「我、我去拿。」

菲莉亞轉身跑回行李旁裡，然後抱著鐵餅跑了回來，歐文感覺到菲莉亞貼著他的那一部分在輕輕的發顫。

菲莉亞用力咬了咬嘴脣，彷彿下定決心，沒有任何停頓，以她有生以來最標準的一次姿勢，對準老約翰，將鐵餅擲了出去！

老約翰輕輕彎起嘴角笑了笑。

——年輕的學生……果然不管在什麼時代都是一樣的，缺乏謀略，天真，還不理智。這種偷襲跟開玩笑差不多。

作為一個擔當教授多年、被辭退後獨行多年的經驗豐富的刺客，他有無數種方法來應對各種各樣的攻擊，不管對手是弓箭手、魔法師、劍士抑或是重劍士，哪怕是冷門又難以破解的鐵餅，都一樣。

更何況他跟著菲莉亞有幾個月了，對於學生的水準早有瞭解。

躲開的話可能會誤傷他身後的伊蒂絲，老約翰只是微微的側過身，準備使巧勁將鐵餅打回去。

不過，他並不知道這是一塊被上一任主人加重、加厚過的男用鐵餅，而且菲莉亞平時都有克制自己的力量……

菲莉亞的鐵餅與老約翰的匕首之間擦出一道電花，老約翰在感覺到那股遠遠出乎意料之外的可怕力道時，眼睛便已經不受控制的睜大，他手腕上預備好的力道根本無法阻止鐵餅的進攻。最終……鐵餅狠狠的砸在老約翰的肩膀上。

老約翰悶哼一聲，感覺肩膀斷了。

他對自己的身手很有自信，自己之前的那一下抵擋絕對能化解掉一大半力量，然而肩膀

卻還是這麼乾脆的斷裂，如果是原本的力量的話……

老約翰有些不情願再想下去。

——難道說，這女孩是抱著殺心的嗎？太可怕了。

他用怪異的眼神打量著菲莉亞，那眼神盯得她直發毛。

看見鐵餅只是砸中肩膀，菲莉亞不由得感到失望，她本來是希望一口氣把老約翰砸暈之類的。

但她沒有時間沮喪太久，這一次攻擊差不多是僵持局面的開戰宣言，老約翰迅速放棄了廢掉的右手，將匕首換到左手上……

風雨夜，這是最適合不能暴露在陽光下的人行動的日子。

一瞬間，中年男人的身體化作為一道剪影融入黑夜裡，他的動作快如疾風，下一秒，他直接跳上了歐文和菲莉亞暫時棲身的樹屋，銀亮的匕首和那雙死氣沉沉的眼睛彷彿是夜裡唯一的光源。

「閉上眼睛！」歐文喊道。

菲莉亞的腦袋一片空白，她條件反射的閉上眼，接著眼瞼外似乎有白光閃過，然後傳來重物墜地的聲音。

「……沒事了，菲莉亞，睜開眼睛吧。」歐文喘氣道。

菲莉亞重新睜開眼，老約翰並沒有跳進屋裡來，相反的，夜晚彷彿又安靜的只剩下他們兩個人了。

「老、老約翰呢？」

「我把他打下去了，他沒想到我還藏著一根魔杖備用。」歐文鬆了口氣後感覺十分的疲憊，因此心不在焉的找藉口解釋他怎麼還有攻擊力，「妳知道，迷你型的那種……剛才用力過猛跟著掉下去，可能也斷了。」

「是、是嗎？」菲莉亞遲疑的回應。

她往窗外望下去，藉著時不時閃爍一下的電光看到老約翰果然倒在地上，臉上好像附著一層冰，大概是歐文的魔法。

歐文說：「他一時半會兒應該爬不起來，我們過去看看伊蒂絲教授吧。」

儘管還是有點害怕，菲莉亞仍然用力點頭道：「好。」

從樹上爬下來，菲莉亞小心翼翼繞過地上的老約翰，直奔向伊蒂絲。她蹲下來，將手放在教授的脖子上——溫熱，血在裡面有規律的搏動著。

「還、還活著！伊蒂絲教授還活著！」她驚喜道。

「那就好。」歐文長出一口氣，「我們揹上教授，看看能走多遠，現在風好像沒有之前那麼的……」

歐文的話還沒有說完，因為他感到一種微妙的違和感，下意識的一回頭，就看見老約翰左手高舉著匕首站在他身後，臉上還有未完全取下來的冰渣，表情猶如望著一個死人。

——要完了！

歐文腦海裡飛快閃過不怎麼美妙的念頭，此時要繼續在手中準備一個魔法已經來不及，該怎麼……

忽然，一個冰錐橫空射出，筆直的擊打在老約翰的手腕上。老約翰突地一鬆手，匕首掉落在地上。

「卡斯爾，你帶上他們先跑！」查德教授喊道，「這個傢伙我會應付。」

「是的，教授！」卡斯爾大聲回應。

他飛快的將伊蒂絲教授揹到背上，一邊跑，一邊示意呆在原地的歐文和菲莉亞跟上他。

「你、你們怎麼會找到這裡？」歐文驚訝的問道，同時努力往前追上卡斯爾的步伐。

「瑪格麗特渾身是血的被艾爾西帶回村莊。」卡斯爾擰著眉頭回應道，「她中間醒過一陣子，說是老約翰突然發難……她說到老約翰的真實職業是刺客的時候，查德教授的臉色都變了。我們本來是來找伊蒂絲教授的，幸好……」

卡斯爾沒有說下去，但菲莉亞知道他在幸好什麼。

要是查德教授和卡斯爾學長再晚來幾分鐘的話，她和歐文或許就不能活蹦亂跳的了。

菲莉亞擔憂的問：「那、那瑪格麗特呢，她有沒有事？」

「她和溫妮都受了重傷，精靈這邊的醫生正在照顧她們。」卡斯爾簡單的說明著情況，又道：「抱歉，要是我早點發現這個約翰．史密斯有問題的話，就不會發生這種事情了……你們有沒有受傷？」

「沒有。」菲莉亞和歐文都搖頭。

「那就好。」

等他們跑回神樹村，雷雨已經停下，天也矇矇亮了。

菲莉亞想要趕緊去看瑪格麗特和溫妮，不是輔助類學生醫治，而是精靈醫生在救她們，就說明問題已經有些嚴重了。

可是她被卡斯爾攔了下來。

「別去打擾瑪格麗特和溫妮，她們兩個需要靜養……你們兩個也需要休息。」卡斯爾嚴肅道，「不用擔心迪恩和奧利弗，他們兩個昨天天黑前就回到村莊了。」

聽到卡斯爾說大家都沒事，菲莉亞總算鬆了口氣，提著的心一旦放下，疲憊感就鋪天蓋地席捲而來。

這一晚本來就沒睡幾分鐘，還參加了戰鬥，又在風雨中趕路……菲莉亞覺得相當累，感覺神經放鬆之後，現在就算躺在水塘裡都能睡著。

卡斯爾看她搖搖晃晃的樣子，好心道：「妳還能爬回樹屋嗎？需不需要我抱妳上去？」

歐文本來也睏，聽到這句話頓時精神一振。

「還是我來吧，我是菲莉亞的搭檔。」歐文努力笑得很自然。

卡斯爾並沒有別的意思，他哪會聽不出來歐文是在較勁，無奈的笑了笑，也不想故意提醒歐文魔法師的體質不太好這個問題。

卡斯爾其實也是魔法師，但他是雙專業，體力當然和其他魔法師不同。

菲莉亞完全不知道他們在爭什麼，在她看來卡斯爾學長和歐文肯定也很累了，再說她也還沒到那種自己回不了屋子的程度，怎麼能麻煩他們，便連忙擺手拒絕。於是她自己爬回了樹屋。

瑪格麗特和溫妮都被留在精靈醫生那裡靜養，樹屋裡只有她一個人，比平時寬敞許多，但也有種莫名的寂寞。

菲莉亞換掉一身又髒又濕的衣服，找出棉被蓋在身上，一閉眼睛就睡著了。

▶◇◀◎▶◇◀

菲莉亞昏昏沉沉的睡著，中間迷迷糊糊醒過來幾次，意識還沒有清醒，身體又自動進入

了休眠，等她終於完全恢復狀態的時候，竟然已經是隔天早晨了。

看見窗外的天色，菲莉亞嚇了一跳，連滾帶爬從樹屋裡出去，直奔精靈醫院。

精靈醫院同樣依樹而建，只不過為了方便病患進出，並非把房子建在樹上，而是樹下；木頭建的屋子隔成好幾個房間，算作是病房，還有幾個小病房則是直接將樹幹掏空。

問了問在醫院工作的精靈，因為太過慌張，最初表達的不是很清楚，菲莉亞費了半天才好不容易找到瑪格麗特和溫妮的房間。推門進去之後，她才發現裡面有一大堆人。

卡斯爾、歐文、迪恩、奧利弗……查德教授也回來了，只是神情看上去似乎相當疲憊，可能從那天晚上起就沒有休息過。看見菲莉亞進來，他推了推眼睛，沉穩道：「菲莉亞，妳醒了？」

菲莉亞趕緊點頭，頓時有種窘迫感。她只不過是累而已，並沒有受傷，和瑪格麗特、溫妮相比的話，情況要好得多……她果然還是太軟弱了，為什麼沒能在上一次隱隱醒來後就過來確認她們的狀況呢？

目光晃了晃，菲莉亞不小心發現瑪格麗特和溫妮的床邊已經擺上了相當精巧的水果和食物，相比之下……她羞愧的將空蕩蕩的雙手藏在身後。

瑪格麗特和溫妮倒是沒在意這些，察覺到進來的人好像是菲莉亞之後，瑪格麗特雖然沒說話，但是眼睛亮了亮。

「瑪格麗特和溫妮都沒事，再躺幾天就可以痊癒了。」查德教授平靜的說道，「你們聊吧，我先走了。」

大家都圍著傷患，有查德教授這樣個性冷淡的大人在，多少都放不開，迪恩和奧利弗就一副有話說不出的樣子，臉都要憋紅了。見他要走，大家都按捺著迫切的道別。

菲莉亞仔細端詳了瑪格麗特和溫妮的臉色，見她們面頰紅潤，像是真的再躺幾天就能好的模樣，鬆了口氣。

查德教授從學生病房裡退出來，轉身就進了隔壁病房。

早晨清透的陽光從樹葉間穿過，落在慵懶躺在床上的人身上。伊蒂絲正拿著湯匙挖水果吃，腮幫子一鼓一鼓的，十分愜意的樣子。

連學生都受傷了，這傢伙卻一點事都沒有，頂多渾身沾滿了泥。利奇・芬克爾那個人一向心狠手辣，卻在伊蒂絲這裡一次次心軟，始終捨不得真的傷害她……

查德狀似憂慮無奈的嘆了口氣，道：「伊蒂絲。」

伊蒂絲抬起頭，一邊繼續嚼水果，一邊對查德揮了揮湯匙，明顯心情很好的樣子。

「妳不用再擔心了，利奇的整條右手臂都廢了。」查德閉上眼睛解釋，「以後他就算再跟蹤妳，妳也不至於打不過他。」

「你做的？」伊蒂絲不滿的翻了個白眼，「他跟蹤我十年，你應該把他留給我。」

——明明沒幾下就被打暈了，還真好意思說啊。

忍住抓著伊蒂絲肩膀罵她的衝動，查德默默的推了推眼鏡，道：「……不是我，我到之前利奇的肩膀就碎了……被菲莉亞的鐵餅打中。」

「……菲莉亞？」伊蒂絲正在挖水果的動作猛地一頓。

「對。」

查德親自檢查過那個傷口，如果不是利奇的右肩骨頭幾乎變成了粉末，就算是他，也沒有把握能這麼快在單打獨鬥中制服這個獨行多年的老刺客。要知道，他曾經是整個海波里恩數一數二的刺客，甚至在那幾十年裡最出色的刺客畢業生都是從他手上培養出來的。

利奇．芬克爾的地位無可動搖——如果不是他瘋狂的迷戀上了自己的學生，也就是當時還只有十幾歲的伊蒂絲的話。

最初伊蒂絲的主修課並不是刺客，而是弓箭。她是個貴族小姐的女僕，就像娜娜和溫妮一樣，選擇這個專業是為了畢業以後可以填充小姐的勇者隊伍。但利奇一眼就發現了伊蒂絲的天賦，她從骨子裡就該當個刺客，而不是個平庸的弓箭手。相較於普通的師生，利奇對伊蒂絲更有知遇之恩。

查德進入學院的時間比較晚，因此對當年的事並不如其他教授知道的清楚。他只隱隱聽

說利奇和伊蒂絲一開始只是關係很好的正常師生，但不知從什麼時候開始，利奇的感情發生可怕的質變，後來甚至變得怪異和變態了。

他因為在學校裡對伊蒂絲犯下罪行而被辭退，在伊蒂絲畢業後，又跟蹤了她好幾年，於是伊蒂絲不得不離開傭兵集團，回到學院尋求庇護。

冬波利學院，大概是利奇這種程度的刺客也不敢輕易涉足的少數幾個地方之一。漢娜教授肯定是以為這麼多年過去，就算執著如利奇也放棄了，所以才讓伊蒂絲離開學院來精靈之森……沒想到利奇的執念比想像中更加恐怖。

改變相貌亦是刺客必備技能，「老約翰」只不過是一張假皮而已，卻成功的躲過學院的排查，幾個月中都沒有引起任何人的懷疑。

——真是寶刀未老。

想到這裡，查德教授又不禁一陣心悸。

菲莉亞的鐵餅完全弄碎了這樣一位高級刺客的手臂。他檢查過那塊鐵餅，上面還有利奇抵擋的痕跡。利奇的身手任誰都不可能去詆毀的，鐵餅的威力在砸中前一定已經抵銷掉不少了，要是利奇不躲不閃被直接命中的話……說不定他當時碰到的就是一坨肉泥了。

——尼瑪這哪裡還是學生，簡直就是人形殺器！

查德感到後怕。

菲莉亞也算是他從入學以來看著成長起來的，她的本性善良，有時近乎軟弱，不管怎麼想都不可能有將利奇如此殘暴殺死的念頭。那麼就只剩下一個可能——她對自己的力量沒有任何概念，這可比強大的力量本身還要更加可怕。

菲莉亞顯然是尼爾森教授最鍾愛的學生，過去查德並不覺得尼爾森對菲莉亞一天到晚的誇獎有什麼不對，現在卻隱隱不安起來。

——儘管目前尚且沒有跡象，但要是一個對自己實力估算不準的學生傲慢起來的話……

——這一次遇到的利奇經驗豐富，暫且抵擋住攻擊，沒有釀成大禍……萬一，她下次碰到的是手無縛雞之力的對手呢？

——說起來，菲莉亞這一屆的學院大賽再一年左右就要到了，到時候她的對手都只是普通的學生而已，若菲莉亞無知無覺的將鐵餅扔過去……

查德簡直不敢往下想。

做勇者這一行，哪怕是在學校裡當老師，直面生死也是遲早的事。

大部分時候，勇者只需要對付野獸，但面對人或者魔族這種與自己相貌相似的智慧生物，總歸是不可能避免的，早晚而已。

儘管心裡很清楚這些，可作為未來勇者的導師，查德還是私心希望這些年幼的學生能夠晚一點再面對這些過於殘酷的事實。

不只是他們的對手在生與死之間徘徊掙扎，勇者本身的性命也不過是暫時別在腰帶上而已。

不過現在，查德不希望菲莉亞意外的染上殺戮，她必須學會如何控制自己。

查德默默決定，等回學院就要立刻向尼爾森提這件事，讓他不要一味的開掘菲莉亞的潛力，而是儘快讓她知道輕重，然後……

「你們這種冰系或者風系的魔法師，是不是外表看起來冷淡，但內心戲都特別複雜？」伊蒂絲懶洋洋的聲音打斷了查德的思路，「你足足發呆好幾分鐘了，怎麼，那個叫菲莉亞的學生值得考慮這麼久嗎？」

查德的注意力終於重新回到伊蒂絲身上，她不知什麼時候吃完了水果，將湯匙往地上一扔，瞇著眼睛別有深意的看著他。

伊蒂絲不懷好意的眼神，讓查德有種怪異的感覺，他不安的推了一下眼鏡，問：「有什麼問題嗎？」

伊蒂絲笑了笑，說：「沒什麼，我忽然想起來有件事還沒告訴你，關於利奇的，你把耳朵湊過來，我說給你聽。」

查德教授皺了皺眉頭，他覺得伊蒂絲肯定不只是想說件事而已。

猶豫了一會兒，查德還是決定湊近伊蒂絲，便緩緩的彎下腰。

還沒等他的動作完全停住，伊蒂絲已經出其不意的一把抱住他的脖子，然後雙腿猛地夾住他的腰，反身將這個比自己高大但體力卻一般般的魔法師壓在床上。

「妳……！」查德大吃一驚，短暫失神後，臉頰後知後覺的紅起來。

「不知道為什麼，這次我一覺醒來忽然覺得你比平時英俊很多。」伊蒂絲舔脣，「怎麼樣，陪我玩玩吧？」

查德看起來又氣又惱，「我……」

他掙扎著想爬起來，卻被伊蒂絲壓得死死的。

伊蒂絲一手把他按在床上，一手將長髮撩到身後，說道：「要是現在不乾脆拒絕的話，我就當你默認了。以後你要是想告我強姦，我也是不會承認的。」

「別鬧了！伊蒂絲！」查德惱羞成怒的吼道，他簡直要被這個女人的厚顏無恥氣瘋。

「欸？你對我沒有任何感覺嗎……」伊蒂絲稍稍壓低了嗓音，「這樣的話，查德，解釋一下，為什麼你要在我睡著的時候吻我？」

查德的眼睛猛地瞪大了起來。

伊蒂絲繼續說：「是你把我一路抱回來的吧，就是在路上的時候……你為什麼這麼看著我？我中途就醒來了，有什麼問題嗎？」

她疑惑的蹙眉。

查德簡直感覺自己的臉要燙得炸開……他從來不知道自己也能在某個時候和火元素這麼親和。

他並不是不知道自己和伊蒂絲之間存在著磁場，可是他的理智更清楚的曉得這個女人就是毒品，一旦沾染，就會墮入地獄。所以查德一次又一次的試圖拉開與她的距離，卻也一次又一次的再被拉得更近。

大概平時越克制自己的人，就越容易被離經叛道的東西吸引。

——天吶，神啊，祢到底懷抱著什麼心情創造出了伊蒂絲？為什麼要讓她如此可恨，卻又如此……美麗？

感覺到查德的態度軟化，即使鬆開力道，他也沒有再掙扎，伊蒂絲滿意的笑起來。

不知道為什麼，查德在這瞬間覺得她單純的像個孩子，什麼都寫在臉上……不是惡魔，而是天使，簡直有白色的羽毛從她的臉頰邊掉下來。

——如果人一生非要對什麼東西沉淪至此，那就讓他……死在這裡吧……

「查德。」

伊蒂絲伏在他身上輕輕吻他的嘴唇，然後慢慢湊到他耳邊，「謝謝你……你知道，各種意義上。」

▶◇◀◎▶◇◀

精靈對草藥非常瞭解，因此治療的水準相當高超。瑪格麗特和溫妮休養了小半個月，便重新活潑亂跳起來。

不知道算不算因禍得福，因為他們遇到約翰．史密斯這件事，其中有成員受了重傷，大家都相當疲憊，同時隨行勇者少了一個，精靈村長宣布接下來不會再派發任務給他們，他們可以在精靈之森好好玩，然後養傷，這些都不會影響到成績。

對迪恩和奧利弗這種什麼都沒遇上，只是擔心了一個晚上的人來說，這幾乎是白撿來的假期，他們興奮異常。

「就是還不知道那個約翰．史密斯到底是什麼人，現在想想，他這個名字一聽就是隨口編的。」迪恩懊惱的抱怨道，「我問過查德教授好幾次，他什麼都不肯說，嘖。」

菲莉亞其實也十分好奇，因為從教授們的反應來看，他們非但認識「老約翰」，還對內情相當瞭解，只不過不願意對學生說太多的樣子。

先前菲莉亞把鐵餅落在廢棄樹屋下了，查德教授制服老約翰後，還特意把鐵餅撿回來還她，收下鐵餅的時候菲莉亞也曾壯著膽子問過，只是什麼都沒問到，查德教授欲言又止。

可是他越不說，她就感覺越好奇啊……而且查德教授好像還介於說和不說之間，因為似

乎有問到的可能，所以她反而更想去問。

菲莉亞不知道查德教授欲言又止並不是在猶豫要不要告訴她關於老約翰的事——他不覺得這些事適合跟學生說——實際上，查德是在考慮菲莉亞殺傷力的事。查德教授發現她那塊鐵餅不僅是男用的，還重得超乎尋常，很想問她是不是故意的。

查德教授本想把伊蒂絲、老約翰和鐵餅一塊兒弄回去，不過他試了一下就知道，讓他一個魔法師幹這種重活，估計等抵達村莊他的老腰都斷了，於是只好先把老約翰捆起來打暈，接著送伊蒂絲回村。幸好卡斯爾很快過來幫忙了，他的力量比普通魔法師大得多，可以揹老約翰這個成年男子，查德教授則拿著鐵餅。

然而光是拿著鐵餅，查德還是覺得老腰都要斷了。

倒不是說鐵餅比伊蒂絲還重，但抱著伊蒂絲的時候就算他的理智不停否認，內心還是有點開心的，而這塊鐵餅……

想到菲莉亞平時就揹著這個不知道到底多少公斤的負擔若無其事走來走去，查德感覺人都要瘋了……

當然，儘管有些重劍和巨刀的重量他根本拿不起來，但沒看到拿著那些的學生為了省力都是拖著走的嗎？有的乾脆裝了輪子呢，還常常有人抱怨武器太重。

他使勁回憶，也沒有想起菲莉亞什麼時候抱怨過鐵餅太重，不知道是她忍耐性太強還是

真的完全不覺得重過。

這讓他不得不感嘆：強力量型真是難以想像的世界⋯⋯

不知道是不是因為給學生放了假，時間過得異常快速，轉眼就到了四月十五日，距離精靈之森冒險結束的日期還有五天。

按照學校慣例的安排，四月二十日結束後，學生們就能自由回校，哪一天回到學校就從哪一天開始放暑假，只要在離校前登記過、確認人身安全就行。

大概是因為目標明確的關係，所以這群即將步入四年級的學生們動力都很充足，他們又對精靈之森相當熟悉了，故每年回校的速度都是很快的。還沒有到回校日，查德就已經感覺到學生們的陣陣騷動了。

對比歡樂的學生，查德就覺得有些心理負擔了。

來之前他只想著越快結束這場和伊蒂絲的共事越好，而現在他和伊蒂絲大概算是關係穩定了⋯⋯呃，總感覺回去以後會被同事用奇怪的目光看。

大概不只同事，可能學生也⋯⋯

話說回來，其實現在學生們看他的目光就夠奇怪了⋯⋯

對比查德的擔憂，伊蒂絲則是一如既往的一點事都沒有，她大剌剌的坐在辦公室裡吃水

果，利奇落網後，她再也不用因為害怕跟蹤狂而一天到晚躲樹上了。

伊蒂絲什麼都不怕，對道德、法律之類尋常的東西都毫不在意，唯獨畏懼利奇。利奇原本的外貌並不平庸，而是相當的醜陋，就連查德看到他的真面目之後也被那樣的醜態嚇了一跳……難怪伊蒂絲挑學生只挑好看的，原來是因為心理有陰影。

「喂，查德。」伊蒂絲忽然開口，「我要提前回學校。」

查德皺了皺眉頭，不知道伊蒂絲又在玩什麼。

不過，現在他對伊蒂絲的縱容程度恐怕誰都比不上了，他拿起杯子湊到嘴邊，在啜飲前問道：「為什麼？只剩下五天而已，又碰到什麼不想做的事的話，我幫妳做就是了。」

「哦，是這樣的，我感覺自己好像懷孕了，想準備回去做一下檢查。」精靈又沒有婦產科，他們完全不知道懷孕是什麼鬼。

查德一口水噴在桌子上。

第八章 家裡出事了，爸爸和……

「命運只不過是神的計算而已，沒有什麼是注定的。預言只不過是透過目前所擁有的資料，計算出最可能發生的結果。」

「所以，只要改變原始的資料，命運就有可能被改變。」

德尼祭司沙啞著嗓子說著。她專注的盯著眼前的水晶球，光滑的皮膚上由於一口氣輸出的魔法過多，暴露出一條條的皺紋。

儘管魔族使用魔力如同呼吸，取之不盡、用之不竭，可呼出的氣太多，也是會窒息而死的。於是魔王屏氣凝神，不敢打擾德尼夫人。這一次，魔后也站在他身後，神情難得嚴肅，一直蹙著眉，盯著桌上那顆在他們看來清澈無比的水晶球。

良久，德尼夫人終於緩緩的吐出一口氣，她閉上眼睛平復了一下剛才全身調動的魔力，滿是褶皺的臉頰和手背也漸漸恢復到細膩青春的狀態。

「怎麼樣？」魔后問道。

德尼夫人睜開了渾濁的眼睛，慢慢的開口：「沒有改變，命運依然在繼續，魔王之血會斷絕，艾斯終將毀滅。那位人類的勇者，仍然走在他既定的道路上。不過……」她稍微停頓幾秒，「我感到了命運的一絲偏差，它正在動搖，我想我們做的事並不是完全沒有用……」

▶◇◀◎▶◇◀

五月初，菲莉亞他們總算回到了冬波利。

他們抵達時正是傍晚，去漢娜教授那裡進行登記後，就各自回到空置一年、積了很多灰的宿舍裡，洗洗弄弄、休息了一晚，第二天醒來又神清氣爽。

果然比起森林，還是學校舒服啊！

第二天一早，學校的信差就來敲門，說是有菲莉亞的信。

在精靈之森通訊極為不便，基本上就是和外界斷絕聯絡了，有什麼事都要等出來以後再說。裡面的學生無法寄信給家人，外面的人自然也無法投信進去。菲莉亞一回校就能收到信雖然很高興，畢竟她已經非常想念哥哥和媽媽了，但同時又覺得疑惑……

她明明說過她這一年沒法回信的呀？還寄信過來做什麼，她不是馬上就要回家了嗎？

不過，困惑歸困惑，菲莉亞向信差道謝後，就跑回房間拆信讀了。

信是哥哥寫的，儘管母親總是說馬丁哥哥不好好學習，可其實哥哥的字相當漂亮，在菲莉亞看來，哥哥的知識儲備量也絕對不小，只是個性很溫和不適合做勇者而已。

這封信也一樣，字句清晰又流暢，帶著溫柔的氣質，只是相當簡潔。

菲莉亞更不明白了，因為南淖灣離冬波利太遠，過去他們通信都會滿滿當當，把幾個月要說的話都一口氣寫完，這次的信卻只有一張信紙……她翻了翻信封，發現哥哥寫信的時間

是在雪冬節前夕，都過去將近半年了。

菲莉亞困惑的讀起來。

親愛的菲莉亞：

抱歉，我知道妳可能沒辦法立刻收到這封信，更不可能回覆，但我想妳應該越快知道越好，免得沒有心理準備。

家裡出事了，爸爸和……

「菲莉亞！」南茜響亮的叫聲從樓下傳來，打斷了菲莉亞讀信的思路，「妳快下來！有人找妳！」

南茜頓了頓，過了幾秒鐘，高聲補充道：「好像是妳爸爸！」

——爸爸？

怎麼看信才看到父親，他就親自冒出來了……

菲莉亞略微一愣，她到冬波利已經有三年，除去送她來參加入學考試的那一次，父親從沒再來過學校，每年都是她獨自過來、獨自回家，算起來……那一次分別就是她和羅格朗先生最後一次見面。這麼說，他們三年沒見面了。

儘管和羅格朗先生相當生疏，三年間隔仍然算是有些久遠的事。

菲莉亞稍稍感到奇怪，但不管怎麼想，她也想不到父親忽然來學校看她的原因。菲莉亞

只得放下手上的信，下樓去見羅格朗先生。

——難道爸爸終於準備回家了嗎？

菲莉亞懷抱著一絲期待的想著，去年羅格朗先生連雪冬節都沒有回家，也不知他今年回去過沒有。

她抱著滿肚子的疑問跑下樓，果然看見宿舍門口站著一個身材瘦高的男子，此時正是暖春，他穿得相當單薄，可是很得體，襯衫外面套著一件風衣，頭上戴著黑色寬邊的帽子。

菲莉亞還記得她上一次見羅格朗先生時，很為他和南淖灣不同的城市裝扮吃驚。

但在冬波利學院學習三年，她的同學許多都是出身富裕的貴族家庭，最顯赫的大約就是卡斯爾學長和瑪格麗特大小姐了，菲莉亞早已習慣這種環境，故而也不再特別為自己父親的打扮驚訝了。

不過，她仍然注意到羅格朗先生是個英俊的男人。

羅格朗與妻子結婚時很年輕，生下馬丁和菲莉亞也很早，此時不過三十五、六歲，正值壯年。

「爸爸。」菲莉亞生澀的叫了一聲，叫完就縮起脖子。她和羅格朗先生見面的日子總數說不定用手指就能數清楚，所以哪怕是親父女，仍然相當生疏。

羅格朗先生似乎也覺得被菲莉亞這麼喊怪不習慣的，身體僵直的略一點頭，乾巴巴的回

應道：「菲莉亞……好久不見，妳看起來比之前長大許多……也漂亮不少。」

「謝、謝謝。」菲莉亞連忙道謝，然後就不禁感覺哪裡更詭異了。

——好尷尬的氣氛。

羅格朗先生亦是不知所措，某種意義上來說，他這一點和菲莉亞還是挺像的。

兩個人互相僵直了一會兒，菲莉亞終於不太自然的側過身，問道：「那個……那你要進來坐嗎？」

「……不了。」羅格朗先生道，「我們去集市那裡吧，我請妳吃個飯。」

「嗯、嗯，好。」

羅格朗先生指的是冬波利的鎮上的商業區。

冬波利只是個圍繞學校而建立的小鎮，東西並不豐富，魔法師用品店、勇者必需品店之類的店鋪倒是比較多。菲莉亞畢竟在這裡住了三年，比看上去有些迷糊的羅格朗先生熟悉得多，於是她帶著羅格朗先生到處亂逛，快到中午時就隨便找了家小餐廳。

哪怕羅格朗先生會付錢，菲莉亞也不敢點太貴的食物，只是小心翼翼弄了點吃的，羅格朗先生全然不在意價格的模樣，但吃了兩口就皺起眉頭，好像並不是很滿意。

菲莉亞發現自己的選擇似乎沒有讓父親愉快，頓時不安起來。

「菲莉亞。」羅格朗先生張了張嘴，接著又閉上，然後又張開，「……妳在學校裡感覺還好嗎？」

菲莉亞胡亂的點頭。

羅格朗先生又問：「有朋友嗎？」

「有、有的……」菲莉亞回答，「我、我和歐文在入學考試的時候就認識了，還有最近瑪格麗特也……」

羅格朗先生淡淡的笑起來：「歐文？當初和妳一起掉進洞裡的那個風刃地區的男孩？」

菲莉亞再次點頭，她這次想起羅格朗先生也是見過歐文的。

接著又沉默了一會兒，兩人周圍只有餐具碰撞的聲音。

菲莉亞埋頭苦吃，腦海裡卻亂糟糟的。父親到現在都沒說他為什麼會過來，而且總是欲言又止的樣子，菲莉亞覺得很難受，可又不敢問。他從來沒有單獨寫過信給她，哪怕是她進入冬波利學院之後也一樣，她和父親真的不熟悉。

不知過了多久，羅格朗先生忽然放下餐具。

「那個，菲莉亞……妳媽媽和馬丁，有沒有和妳說什麼？」

父親的表情看上去很嚴肅，但也有些躲閃。菲莉亞下意識就想到她剛收到的信，她還沒看完，只是信上那句「家裡出事了」一直讓她覺得心口發涼。

「沒、沒有。」菲莉亞什麼都不知道，想了想還是搖頭，「怎、怎麼了嗎？」

聽她這麼說，羅格朗先生的表情就有些複雜，不知是鬆了口氣，還是看上去更緊張了。

他沉默了一會兒，說道：「其實……我已經在這裡等了幾天了，只是妳昨天才回來。」

菲莉亞更是愣住了。

羅格朗先生頓了頓，繼續說：「菲莉亞，事實上……我和妳母親準備離婚了。」

「……什麼？」菲莉亞眨了眨眼睛，以為自己沒有聽清楚。

「我和妳母親準備離婚了。」羅格朗先生嘆了口氣，又重複了一遍，「妳知道……我和妳母親之間的婚姻早就名存實亡，我在王國之心，妳母親在南淖灣，一年見不了幾次面，有時候幾年也未必能碰面一次，分開是遲早的事。」

就算羅格朗先生說得很含糊，菲莉亞也聽得出來絕對是羅格朗先生先提的，媽媽絕對不會想到要離婚，她每年都那麼希望爸爸回家……

菲莉亞張了張嘴，道：「媽、媽媽答應了嗎？」

羅格朗先生點頭，她躲閃著女兒的視線。

「我已經寫信和妳媽媽說過，她同意了，這一次我和妳一起去南淖灣，只要簽完離婚協議就算正式離婚。只是還有一個問題……」

菲莉亞隱隱感覺到了什麼。

果然，羅格朗先生繼續道：「妳和妳哥哥的撫養權……」

在海波里恩，一般來說有兩個孩子的夫妻離婚的話，會一邊撫養一個，這是約定俗成的事。不過，在雙方經濟條件很不對等，或者一方不想要孩子的情況下，也有一個家長同時照顧兩個孩子的先例。

羅格朗先生其實和自己的兩個孩子都不是很熟悉，馬丁剛出生的時候，他是頭一次當父親，前幾歲的時候還照顧過。等到菲莉亞出生後不久，他就決定要到王國之心來碰運氣做生意了，之後每次見到菲莉亞，都覺得她比記憶裡大了一大截，簡直要認不出來了。但即使如此，他仍是不太希望同時放棄兩個孩子的撫養權。

他計算過自己目前的資產和羅格朗夫人的經濟水準，家實際上基本都是他在養著，羅格朗夫人的麵包店只不過是打發時間的娛樂而已，收益相當微薄，如果他以經濟實力為由的話，拿到兄妹兩人撫養權的把握還是很大的，只不過……他也清楚，一次帶走兩個孩子跟取走羅格朗夫人的命差不了多少，她非得拚命不可。

羅格朗先生自己也是希望好聚好散，他只是和妻子分離太久，婚姻名存實亡罷了，並不是死敵，估計最後也是兩個孩子一人一個。

那麼誰跟誰呢？

羅格朗先生考慮了很久，他隱隱覺得菲莉亞跟著他會更合適，儘管在兩個孩子中，他還

是和馬丁更熟悉一點。

菲莉亞現在在冬波利學院唸書，如果和他一起住在王城，開學和回家都會方便的多。而且只要住在王城的話，她將來找王國之心的工作也會順利不少。

馬丁好像一輩子不準備離開家鄉了，況且沒有勇者學校的學歷，進城以後的生活也會比菲莉亞困難；馬丁和羅格朗夫人相處的時間比較多，個性比較溫和，萬一羅格朗夫人發脾氣的話，馬丁也能夠及時安撫她……

想來想去，他覺得菲莉亞跟著自己會更合適。但是菲莉亞……

羅格朗先生倒也不是完全不瞭解自己的女兒，比如她相當內向靦腆、缺乏自信就是顯而易見的事。

——菲莉亞顯然不擅長人際交往，這樣的話，等搬來王國之心，或許會有些棘手……

越考慮越麻煩了，羅格朗先生停止複雜的思維，說道：「菲莉亞，妳和馬丁的撫養權，我和妳媽媽還在商量……如果，我是說如果，你們之中有一個要和我一起到王城居住的話，妳願意跟著我嗎？」

菲莉亞身體都僵了，她驚恐的搖頭。

南漳灣誠然是海波里恩最落後的地方，但菲莉亞還是相當喜歡這個自己從小長大的家鄉。它氣候溫暖，陽光明媚，四處都有漂亮的河流和沼澤叢，尤其是到了秋天，農作物都會

成熟，四處都是燦爛的金黃色……總之就是哪裡都好……

下意識的拒絕羅格朗先生後，菲莉亞又感覺哪裡不對，她壯著膽子問道：「那、那你會帶走哥哥嗎？」

女兒擔憂又恐懼的神情讓羅格朗先生的心臟有點難受，當初來冬波利時，菲莉亞就滿口哥哥，可見這對兄妹關係很好。

「……有可能。」他說，「具體怎麼處理，我會和妳母親再商量一下，等回到南淖灣，再看看吧。」

這一頓飯吃得相當不愉快，菲莉亞之後就幾乎不開口說話了。羅格朗先生也覺得氣氛不對，他需要給菲莉亞更多時間消化，因此沒有再吐露別的資訊。

將菲莉亞送回冬波利學院，羅格朗先生道：「我們後天啟程去南淖灣，可以嗎？」

菲莉亞心不在焉的點頭。

「那我後天來接妳。」羅格朗先生重新將帽子戴到頭上，略一頷首作為道別就離開了。

菲莉亞一個人發著呆走回宿舍。然後她一進門，就看見瑪格麗特雙手環胸靠在門邊，像是等她許久了。

「菲莉亞。」一見她回來，瑪格麗特就筆直的看過去，問道：「妳什麼時候回家？」

「……後、後天。」菲莉亞勉強從和羅格朗先生的對話中回過神，略有幾分僵硬的回答瑪格麗特。

她現在其實很想立刻和誰傾訴一下，可菲莉亞張了張嘴，還是說不出來。

瑪格麗特面無表情的說：「我和妳一起回去。」

「欸？」菲莉亞一愣，繼而反應過來，「妳是說到王城為止和我一起順路嗎？」

瑪格麗特搖頭，「……我要去妳家。」

這並不是一時的心血來潮，從確定自己認錯人開始，再去見一次菲莉亞哥哥的念頭就一直在她腦海中徘徊，已經徘徊了半年，只是瑪格麗特一直憋著沒有說而已。

菲莉亞的哥哥顯然很少離開家鄉，家長會那一次只是破例來的，如果在王國之心乾等的話，恐怕不知道哪年哪月才能再見面了。

菲莉亞眨了眨眼睛。要是換作平時瑪格麗特希望去她家的話，她肯定是很高興的，她還從來沒有帶朋友回家過，如果前年暑假索恩半夜爬窗進來那一次不算的話……

可現在……

菲莉亞神色黯然，「對、對不起，瑪格麗特。最近我家裡可能不太方便。」

瑪格麗特感覺到菲莉亞的情緒不大對勁，皺了皺眉頭，「出什麼事了嗎？」

「我父母……」菲莉亞剛一口開口，就又閉了嘴。

羅格朗夫人對面子看得很重，要是這一次她真的和父親離婚的話，肯定不想讓別人知道的，哪怕是完全不認識的人。

於是菲莉亞搖了搖頭道：「很難說清楚……」

「那就算了。」察覺到菲莉亞低落的情緒，瑪格麗特儘管疑惑，卻沒再追問下去。

「那麼……」瑪格麗特稍微一頓，「下次有機會，再帶我去吧。」

▶◇◀◎▶◇◀

回家的時間很快到了，當天一早，羅格朗先生就如約租了馬車來接菲莉亞。

回家的路途，這可能是最遙遠的一次……菲莉亞和羅格朗先生單獨在一起的時候很不自在，特別是在知道父母即將離婚，自己和哥哥的撫養權還沒有決定，這種怪異的感覺變得更強烈了。

終於，六月初的時候，他們抵達了小鎮艾麗西亞。

哥哥一如既往的站在門口等家人回家，見到菲莉亞滿面愁容，他溫柔的笑了笑。

「別擔心，事情不會太糟糕的。」他輕聲對菲莉亞說，「我會一直陪著妳。」

聽到馬丁冷靜溫和的聲音，菲莉亞感覺心中的不安略微少了一些，於是乖乖的點頭。

羅格朗先生似乎並不想耽誤時間，他匆匆脫下帽子和鞋，就去找羅格朗夫人，發出「咚咚」的急促腳步聲。

馬丁則將菲莉亞帶上樓，進了自己的房間。

「哥哥……」

不知道為什麼，知道消息後，菲莉亞一路上都表現得還好，但在和馬丁獨處的一剎那，她忽然控制不住的難過起來，鼻子發酸，眼眶也紅了。

馬丁拿出手帕替她擦眼睛，動作很輕柔。

「爸爸寄信來說這件事時是雪冬節前一個月，他可能考慮了很久了……」他慢慢的對菲莉亞說來龍去脈，「這是沒有辦法的事，爸爸和媽媽都有兩、三年沒見過面了，婚姻狀態並不正常，持續下去沒什麼意義……」

略微停頓幾秒，馬丁才道：「現在媽媽情緒已經穩定下來了，她會處理好這件事的……我也會盡量幫她的忙。」

「可、可是……」

「妳什麼都不用擔心，菲莉亞。若爸爸最後還是要帶妳去王城的話……我就過去找妳，好嗎？如果是我去的話，就可以經常到冬波利看妳了。」

馬丁的語氣舒緩、平和，臉上掛著淡淡的笑，好像他說的不是家庭破裂的問題，而是春

天花要開了一樣。

菲莉亞不知不覺被安撫下來，肩膀不再抽動。

「別怕。」馬丁慢慢的揉她的頭，「我會保護妳的。」

菲莉亞搖了搖頭。她並不是害怕……只不過是忽然覺得自己非常沒用。

對於爸爸想要離婚的事她一點都不知情，也完全沒有預料到，明明她入學的時候，爸爸的反應就已經有點奇怪了……

媽媽剛知道的時候一定很難過，肯定是哥哥讓她平靜下來的，自己依然沒有幫上忙，現在反而還需要哥哥來安慰她……

如、如果能像哥哥那樣就好了……

如果不是被保護，而是保護哥哥和媽媽就好了……

明明她才是家裡唯一的勇者……

菲莉亞其實從馬丁偏金色的眼底看見了憂慮，他並沒有像他表現出來的那麼鎮定，只是為了不增加她的不安才盡力克制罷了。

哥哥只不過比她大兩歲而已啊……

另一邊，羅格朗夫人和羅格朗先生正在一種幾乎凝固的氣氛中商量離婚協議。

「菲莉亞就交給我照顧吧。」羅格朗先生說，「我以後會一直住在王城，照顧她比較方便。另外，我每年會給馬丁生活費，直到他成年為止。」

「嗯。」羅格朗夫人低著頭回答。

這樣對菲莉亞才比較好……羅格朗夫人如此想著。

以她在南淖灣的收入，是無法支付菲莉亞昂貴的學費，還有在王國之心這種物價高昂地區的生活費。

羅格朗先生在王國之心做生意也有好幾年了，雖然她並不是很清楚自己的丈……前夫到底做到什麼樣的程度，不過既然能在王城定居，說明不會太差，多少會有些門路，等菲莉亞畢業之後，找工作會方便很多。

雖然婚姻破裂了，可是羅格朗夫人依然相當確定羅格朗先生並不是個壞人。以後不管怎麼樣，他都會盡力幫助菲莉亞，絕對不會虧待她的。

相比之下，她這個母親什麼忙都幫不上。

羅格朗夫人沉默的在離婚協議書上簽了字。

南淖灣的房子、店鋪都屬於她和馬丁；另外，還有一筆數量不少的補償金。接下來只要等公證生效，他們的婚姻關係就算完全解除。

「你還會再結婚嗎？」羅格朗夫人問道。

「……我不清楚，也許不會。」這個問題令羅格朗先生有些不舒服，還有點不安，但他依然回答了，「但不管如何，我不會因為這個冷落菲莉亞。」

「……是嗎？」

羅格朗先生有些遲疑的最後仔細看了一眼他的前妻。

毫無疑問，在十幾年前，羅格朗夫人是非常漂亮的，特別是在微笑的時候。

艾麗西亞就這麼一點點大，他們兩個從小就認識，差不多是青梅竹馬般長大，後來順理成章的結婚。

羅格朗先生依然記得多年前那個如同白百合一樣的少女。如果只論個性的話，兩個孩子裡，應該是馬丁更像她，溫柔、親和，喜歡淺淺的笑，菲莉亞的內向自閉反而時時讓羅格朗先生想到小時候的自己。

只是不知道什麼時候開始，羅格朗夫人漸漸衰老，也變得不再愛笑了，和她在一起的時候，羅格朗先生覺得很有壓力。在第二個孩子出生之後，這種壓力達到頂峰，於是他半是為了改善經濟，半是逃避的去了王城，由於做生意的關係慢慢治好不善言辭的毛病，然後見到了更大的世界。

羅格朗夫人的話題總是圍繞著孩子、麵包店的客人、隔壁討厭的波士太太、艾麗西亞的大事小事。她口口聲聲說要去王城，卻不知道王城離南淖灣到底有多遠；她說一定要讓菲莉

亞去好的學校，卻在他好不容易替菲莉亞報上冬波利學院的名額後，寫信來抱怨。
羅格朗夫人看不懂他信裡在說什麼，而他也認為羅格朗夫人太過膚淺。
隨著共同話題的減少，婚姻的裂痕亦逐漸擴大。如今，他們已經不能互相理解了。
羅格朗先生嘆了口氣，將桌上的協議書收拾起來，轉身離開。

幾天後，羅格朗先生帶著菲莉亞離開了南淖灣。
之所以這麼急，是因為確認離婚之後，羅格朗先生就不便住在家裡了。
艾麗西亞這種小鎮很少有外地人來訪，旅店主要以賣酒為營生，房間十分髒破，羅格朗先生光是踏進去就要皺眉了；況且，菲莉亞也需要一些時間來熟悉一下她在王城的新家，再把戶口從南泥灣遷到王國之心。
馬丁將菲莉亞送上馬車，羅格朗夫人則在樓上目送他們遠去。
她此前一生的願望，就是希望她的孩子能夠透過成為勇者離開南淖灣這個窮困潦倒的地方，去王國之心那富饒高貴的地方生活。而現在，她的女兒終於提前達成了這份夙願。
菲莉亞，即將成為一個真正的……城裡人。

第九章 我的鐵餅會說話？！

「妳是不是還沒怎麼逛過王城？妳有住在王城的朋友嗎？」馬車裡，羅格朗先生緊張的對離開南淖灣後就精神不振的菲莉亞說道，「我希望妳會喜歡王城，我保證南淖灣有的東西王城都會有的，不過妳的房間還有一些東西尚未添置……」

羅格朗先生觀察著菲莉亞的反應，她好像正在神遊，根本沒有聽進去的樣子。他嘆了口氣，喚道：「菲莉亞？」

菲莉亞眨了眨眼睛抬起頭，這才反應過來的樣子。

羅格朗先生知道菲莉亞和自己不熟，不能嚇到她，於是盡量親和的說道：「……妳有什麼要求的話，可以盡量和我說……有什麼想吃的嗎？」

菲莉亞搖了搖頭。

「……那個，爸、爸爸，我可以不可以早點回學校？」

因為離婚的關係，菲莉亞感覺喊「爸爸」這個詞，比以前還不自然。

羅格朗先生則是一僵，下意識的問：「為什麼？」

「……我好像把鐵餅落在學校裡了。」菲莉亞目光躲閃，「暑假作業裡有練習的部分，沒有鐵餅的話，我沒法做作業。」

聽到不是因為排斥自己才要早點回學校，羅格朗先生多少鬆了口氣。

他想了想，和藹的說道：「說起來，妳那塊鐵餅好像也用了七、八年了？唔……這樣的

話，回到王城我再買一塊給妳吧，我知道在王城有幾家口碑很好的武器店。勇者的武器太久不更換也不太好。」

羅格朗先生並不知道菲莉亞在入學的時候就換過一次鐵餅，因此以為菲莉亞還在使用最早的那塊。他忍不住皺了皺眉頭，羅格朗夫人太節省了……在王城，他認識的那些本地居民的孩子，如果是在讀勇者學校的話，武器至少一年就會換一次，除非是特別好的珍品。

菲莉亞連忙擺手，「不、不用了。那塊鐵餅……」有特殊的意義來著。

「沒關係的，一件武器而已。」羅格朗先生還以為菲莉亞是不好意思收下禮物，笑著說道：「而且多買一個放在家裡的話，妳兩邊跑的時候就不用揹這麼重的武器了。」

▶◇◀◎▶◇◀

此時，在大陸的另一頭，魔族王國艾斯的首都冰城，魔王陛下今天也很閒。

「兒子，爸爸好無聊啊……」魔王伊斯梅爾．黑迪斯躺在鋪著新地毯的地板上打滾。

他一路滾到正坐在地上看著什麼的魔族小王子歐文旁邊，掃了眼他正專注盯著的東西，問道：「……這是什麼？」

歐文覺得他爸有點煩，不過還是皺著眉頭回答：「……這是鐵餅，是菲莉亞的武器。」

「Σ(つ°Д°)っ你竟然偷了那個小ㄚ頭的武器？！」大魔王震驚了，想不到兒子竟然已經淪為這種魔族，「兒子，就算你喜歡人家也不能這麼做啊！像這樣的變態行徑會被當作反派角色打死的啊！」

歐文……請問你是我親爹嗎？

「你才變態，還有我喜歡菲莉亞不是那種喜歡！」歐文不耐煩的說道，「菲莉亞把它落在學校裡了，她的室友託我帶給她，好像是有作業……我正在想辦法。」

發現菲莉亞把鐵餅落在客廳的是歐文室友的女朋友南茜，好像菲莉亞收拾行李的時候本來已經將鐵餅放在一起了，可最後走的時候還是忘記拿了。

南茜是菲莉亞宿舍裡最後一個離開的人，和菲莉亞關係特別好的瑪格麗特和溫妮都回家了，而菲莉亞的朋友中她認識的就只剩下歐文。南茜以為他們在暑假裡也會時常書信來往，可以幫忙把鐵餅郵寄過去。

然而，歐文其實只知道菲莉亞住在南淖灣的一個小鎮，並不清楚具體的位置，又不想當著在旁邊看的奧利弗的面承認自己不知道菲莉亞的地址，所以硬著頭皮答應了。

現在他正淡淡的後悔。_(:3)∠)_

「原來是這樣啊！」魔王鬆了口氣般的擦了擦汗，「那你現在想到辦法了嗎？」

「……沒有。」

據說菲莉亞今年回家的時候狀況不大對勁。聽她室友講，自從她爸爸來過之後，她就心不在焉的，而且很快就收拾東西回家，好像有急事。她連跟歐文道別都忘了。

歐文表示自己並沒有覺得心悶，完全沒有。雖然菲莉亞往年都會特意向他道別之後再回去，而今年沒有他也不會覺得不對勁，他們堅固的友誼才不會因為這種小事就產生裂痕！絕對不會！

總之，回到艾斯之後，他閒著沒事就盯著鐵餅，一邊琢磨要怎麼把鐵餅送還給菲莉亞，一邊想著菲莉亞那邊到底是出了什麼事。

歐文瞥了眼身邊的魔王陛下，儘管不想承認，可成年魔族的魔力的確比較強大，知道的魔法也比較多。想了想，他還是問了：「……喂，爸爸，你有沒有辦法？」

伊斯梅爾一直面不改色的凝視著牆壁，就是在等歐文問這個問題。見兒子終於問了，他努力壓制住心中的狂喜，深沉道：「你猜。」

「……不說算了，我去問媽媽。」

「等等！」

歐文重新轉過頭看他。

大魔王傷心道：「你們現在的年輕人真是一點耐心都沒有，爸爸覺得好受傷，好難過，嚶嚶嚶……」

歐文的頭開始痛了，他勉強的拍了拍爸爸的背安慰他，等他稍微好點之後，問：「所以你知道怎麼弄？」

大魔王擦了擦並不存在的眼淚，自信的拍拍胸膛道：「當然！讓它自己跑回去找主人不就可以了？」替它裝個兩條腿什麼的，剩下的就交給鐵餅自己好了……

歐文將信將疑的望著信心滿滿的父親，覺得哪裡怪怪的。

不過，他並沒有想到自家蠢爹的方法就是字面意思上的「讓它自己跑回去」，還以為他知道什麼能夠讓物品自動尋主飛回去的方法，這樣說不定能讓菲莉亞誤以為自己已經把鐵餅帶回去了，只是之前沒找到之類的……

既然爸爸治理艾斯幾十年了都沒有垮，他應該還算是可靠的……吧？

於是歐文點了點頭，「麻煩你了……爸爸。」

從未被兒子如此信任的大魔王伊斯梅爾頓時產生了一種被委以重任的強烈榮譽感，他自信滿滿的說道：「放心吧，我保證女孩子會很喜歡噠。我會盡量讓它跑快一點的，運氣好的話，菲莉亞說不定再過半個月就能拿到這塊鐵餅啦。」

歐文：嗯？跟女孩子會很喜歡有什麼關係？

反正大魔王爸爸經常說胡話，歐文沒有將這句話往心裡去，既然菲莉亞的事告一段落，他一直在考慮的另一件事就浮出心頭。

「對了，爸爸。」歐文說，「你能不能幫我找一下有沒有合適的能教劍術或者重型武器的老師？」

「哎？！你也要學扔鐵餅嗎？」兒子難道是抱著鐵餅一個多月不小心培養出感情了？

「……不是，我只是想鍛鍊一下體力。」

想到之前拿不起奧利弗隨手舉起的重劍，還有常常被同學嘲笑髮色和體力，去精靈之森的時候菲莉亞經常一臉擔心的問他需不需要幫忙拿行李……歐文下意識的想要推一下眼鏡，卻摸了個空，這才想起來自己本來就沒有近視，在家裡的時候並不戴眼鏡。

望著看上去憂心忡忡的兒子，大魔王擔憂的問：「可是你暑假的課程表已經很滿了哦？真的不需要休息一下嗎？鍛鍊體力的話，肯定會比現在更累的……」

勇者學校的魔法訓練並不適合歐文，況且他還是魔族唯一的王子，所以回家的時候是根本沒有辦法閒著的。

勇者學校的數學、文學之類的課程教育，歐文學得還不錯，但是他仍需要學習魔族的魔法、艾斯的國家地理知識、政治體制、歷史進程、以及各地風俗等等。包括首都冰城在內，艾斯共有十三個地區，別看大家都是魔族，其實不同地區的魔族生活方式、習俗和思想都有相當大的差別。

另外，魔族中也有少數民族，儘管不像人類和精靈的種族差距這麼大，但魔族的少數民

族之間仍時有爭端，更別提有些民族相當好戰……不管怎麼說，管理好這個國家在各種意義上都挺麻煩的。

而且他有時候還需要跟著魔王和魔后去認識一下大臣，作為王子參加一下貴族聚會，時不時皮笑肉不笑的和根本不太認識的魔族寒暄一下諸如此類的……

總之，歐文還是挺忙的。大魔王會擔心他能不能承受得了目前的壓力很正常。

事實上，歐文自己都十分擔心他能否負擔。想了想，他說道：「卡斯爾——就是那個可能是德尼夫人說的勇者的傢伙——他是魔法和物理武器的雙專業，在學習普通劍術的時候，還用一年時間通過了強力量型武器的考試，將來很可能會一次拿到三個學位……如果我必須面對和他交鋒的命運，又想要贏的話，不只是魔法，體力也必須要鍛鍊。」

他稍微停頓了幾秒，表情堅定下來，澄澈的紅色眼眸彷彿燃起了火。

「幫我安排課程吧，爸爸。」

▶◇◀◎▶◇◀

就在大魔王承諾為歐文找合適的鍛鍊體力的老師，並開心的抱著鐵餅準備在上面動動手腳後不久，菲莉亞和羅格朗先生的馬車抵達了王城。

羅格朗先生這一次租的馬車顯然比羅格朗夫人之前替菲莉亞租的好得多，馬匹速度快不說，還不怎麼需要休息，他們從南淖灣回到王城的時間，比過去整整縮短了三分之一。

儘管在王國之心上學，每年都要從王城旁邊路過，但菲莉亞實際上從未好好逛過這裡，跟著羅格朗先生從王城主城區的街道上經過時，她不由得感到吃驚。

這裡，比菲莉亞見過的任何地方都要繁榮。

每一條街道都鋪著乾淨平整的石板，每一棟房子都上了漂亮的漆。街道上人來人往，店鋪一間挨著一間，衣著端正的紳士顯然比別處多上許多，時不時還會有打扮高貴的婦人帶著僕從經過。另外，在市區的正中心立著一座高大的城堡，白色的牆壁和藍色的尖頂，一扇扇玻璃窗在陽光照耀下發出奪目的光彩，氣勢極其龐大。

「那就是國王的城堡，妳之前路過王城的時候應該也看過吧？」羅格朗先生微笑看著掩飾不住驚奇的菲莉亞，「從這個角度看不見，其實國王城堡的後面還有兩座小城堡，那是和冬波利齊名的帝國勇者學校和王城勇者學校，要是妳有興趣的話，我們可以過去看看。」

菲莉亞點了點頭。她聽說過這兩所學校，等明年她升上五年級就要參加一年一度的勇者學校競賽了，參加競賽的除了冬波利學院以外，就是羅格朗先生說的帝國勇者學校和王城勇者學校。說起來，索恩和洛蒂好像就是王城勇者學校的學生。

每年競賽的主辦學校都不一樣，菲莉亞唸一年級和二年級的時候分別是輪到王城勇者學

校和帝國勇者學校主辦，上一學年是在冬波利，可是他們全部都去精靈之森冒險了，沒能看到競賽的舉行，於是今年又輪到王城勇者學校。等輪到菲莉亞這一屆，應該是要在帝國勇者學校參加。

馬車越行駛越靠近市中心，菲莉亞並不是很清楚羅格朗先生究竟要將她帶到哪裡去，於是不由得有些緊張。

終於，十幾分鐘後，馬車遠離主要市區街道，在一塊相對安靜的地方停了下來。

「菲莉亞，我們到家了。」羅格朗先生有點自豪以及對菲莉亞反應的期待，聲音隱隱帶著一絲激動。

菲莉亞從馬車的車窗往外看，然後不由得愣住：這、這是新家？

她看見一座被不高不矮的灌木圍住的豪宅，用一扇鐵門區分裡外，從鐵門鏤花的空隙間能隱約看見薔薇園和一條通往豪宅的寬路。豪宅大部分被漆成白色，還有窗沿和屋頂之類的邊角被漆成藍色，主要色調和國王城堡相近，看起來乾淨又高雅。

菲莉亞聽過母親好幾次念叨王城的寸土寸金，因此她原本是做了和羅格朗先生一起蝸居在一間租賃的小房子裡的準備，她完全沒想到羅格朗先生不僅擁有房產，而且還是這樣一座跟童話故事一樣的豪宅，遠比她、母親和兄長在南淖灣的那所舊居要大上許多，也遠比它漂亮太多。

「好、好漂亮……」菲莉亞眨著眼睛讚嘆道。

羅格朗先生露出笑意，女兒的讚美讓他覺得很有滿足感，過了一會兒，他又頗為遺憾的說：「其實這棟房子在王城的生意人裡只是普通水準，等妳去看過就知道了，更靠近城堡的地方有很多更大、更豪華的房子，一般都是屬於貴族和富商……我把現在能動用的現金基本上都留給妳母親和馬丁了，但房子是生意人的門面，所以這裡我自己留著，我還需要它來招待一些重要的客人……唔，不過短時間內想要換到更好的地段，就有點難了。」

事實上，這棟房子只有他一個人住的，實在有些太大了，幸好今後能夠再多一個人。

羅格朗先生稍微頓了頓，低下頭慈愛的看著依然望著窗外的菲莉亞，「等過段時間我再帶妳去看看我們的商鋪吧。如果妳以後不想做勇者那麼危險的工作，也能繼承我的生意。」

他們交談間，一個身穿燕尾服、頭髮整齊梳到腦後的中年男子已經匆匆跑到門前，替他們打開了鐵門。

「先生，您回來了。」中年男子恭敬道。

羅格朗先生淺笑著點了點頭，拍拍菲莉亞的肩膀，隔著窗對他說：「這就是菲莉亞，我的女兒。」

「菲莉亞小姐。」男子同樣低著頭打了聲招呼。

菲莉亞：Σ(っ゜Д゜;)っ他、他是在叫我小姐嗎？和瑪格麗特大小姐的那個叫法是、是同一個意思

嗎……欸？欸欸？！

菲莉亞完全是第一次面對這種陣仗，頓時感覺十分慌張，手腳都不知該往哪裡放才好，張了張嘴也不知道該怎麼回應。

羅格朗先生好笑的摸了摸她的頭，「妳可以直接喊他喬治，或者管家。妳來之前我都是一個人住，有時候忙不過來，所以需要他幫我安排事務。而且這麼大的房子我總不可能靠自己打掃，所以還僱傭了兩個女僕。」

菲莉亞說不出話來了。羅格朗先生帶給她的震驚太多了，她原本一直認為自己家境十分差，在冬波利上課都很勉強那種。而現在，她的父親顯然比她想像中要富有得多。

其實羅格朗先生每年給羅格朗夫人、馬丁和菲莉亞的生活費數量並不少，但羅格朗夫人不懂生意之類的東西，並不清楚自己丈夫到底是怎麼回事，又忘不掉羅格朗先生小時候是個十分內向單純的人，便總是覺得他在外經商會被人騙，說不定哪天就破產了。

隨著羅格朗先生寄回去的錢越多，羅格朗夫人的擔心就越重。所以她將大部分的錢都存了起來以防萬一，平時生活仍然很節儉，給菲莉亞的生活費亦不是很多，讓菲莉亞產生了自己家經濟狀況沒有好轉的錯覺。

鐵門打開後，馬車一直行駛到豪宅門口才停下。

這時兩個女僕也出來了，她們和名為喬治的管家一起，將車上的行李往屋子裡搬。菲莉

亞不習慣眼巴巴的看著別人幫她做事，很想伸手幫忙，但羅格朗先生制止了她，還摸了摸她的頭。

菲莉亞得儘快習慣在王城裡新的生活才行，雖然羅格朗先生並不覺得女兒淳樸一些有什麼不好的，但是有些上不了檯面的習慣必須要改掉才行。他倒是不奢望她能夠成為名媛什麼的，不過至少希望她能拋棄膽小瑟縮的毛病，落落大方一點。

菲莉亞年紀還小，現在開始教的話，應該來得及。

女僕和管家一起將行李都搬走後，菲莉亞不安的坐在客廳的沙發上，看著他們為安置箱子裡的東西忙忙碌碌。

因為什麼忙都幫不上，她覺得好愧疚……

羅格朗先生眼角的餘光瞥見好像很不自在的菲莉亞，心中依然忍不住嘆了口氣，果然她在南淖灣的時間還是太久了，早知道之前就應該找機會把她接到王城來。

想了想，他放輕語氣道：「菲莉亞，妳的房間已經布置好了，我帶妳去看看吧。」

總比在這裡乾坐著看別人幹活好。菲莉亞略一考慮，就點頭跟著羅格朗先生上了樓。

這棟豪宅有好幾層，有專門的書房、會客室、畫室、觀景臺，甚至一樓還有個可以用來開舞會的大廳。羅格朗先生一邊帶菲莉亞往樓上走，一邊向她介紹房子的格局，不過他有些不好意思承認大部分的房間都是用來充場面的，比如他對繪畫一竅不通，根本不需要畫室，

只不過是跟著賣弄風雅而已；另外，他其實也不太清楚舞會要怎麼舉辦，更何況這棟房子沒有女主人，就更沒必要弄出這種招待活動了。

菲莉亞的房間在三樓，離羅格朗先生的主臥房很近。毫無疑問，它比菲莉亞原本在馬丁哥哥隔壁的小房間要大得多，還有一張非常華麗、如同公主會睡的床。房內擺放著精緻的家具，書架上已經排滿適合青少年的讀物，窗戶正對著家裡的薔薇園，能看見外面乾淨的街道和湛藍的天空。

羅格朗先生有些抱歉的說道：「衣櫃還是空的，我不太清楚妳穿什麼尺寸……等過幾天完全安頓下來，我就帶妳到城裡去訂做幾套日常的衣服吧，還有禮服也需要……我有幾個朋友推薦過適合小女孩的服裝店……」

「不、不用這麼麻煩的，我有帶衣服來。」菲莉亞有點驚恐了，連忙擺手拒絕。還有禮服什麼的，太誇張了吧……

羅格朗先生有些遲疑的看了她一眼，菲莉亞的舊衣服不少都是在南淖灣買的，有些甚至直接出自於他們的老鄰居波士太太……老實說，和王國之心的主流時髦有些脫節了，恐怕無法融入王城當地的居民之中。

他倒不是嫌棄菲莉亞什麼的，只是擔心她會因為著裝問題被人排擠，加重自卑的情緒。

猶豫了幾秒鐘，羅格朗先生還是什麼都沒說。一下子把太多資訊灌給菲莉亞，她恐怕接

受不了，還是一點一點慢慢來吧，反正距離開學還有兩個月。

羅格朗先生離開房間後，菲莉亞總算鬆了一口氣。事實上，她依然不是很擅長和父親相處在一起。

王城固然美麗繁榮，可始終不是她所熟悉的家鄉。陌生的居住環境，陌生的生活方式，就連家人都是陌生的……菲莉亞感到一絲迷茫，以往這種時候她會去敲隔壁的門找哥哥尋求安慰，而現在，她隔壁已經不再是永遠會溫柔包容和指引她的哥哥了。

——好孤單啊……

夕陽染紅了天邊的晚霞，接著星星相繼升上夜空，向羅格朗先生打過招呼後，菲莉亞鑽進了被子裡。

——連被子裡的溫度都好陌生。

——今天晚上，媽媽和哥哥在做什麼呢？

菲莉亞閉上眼睛，疲憊了一天，她迷迷糊糊的睡了過去。

睡著之前，她想著要是這裡有什麼稍微熟悉一點的東西就好了……

第二天清晨，窗外傳來嘰嘰喳喳的鳥叫聲。菲莉亞揉揉眼睛，掙扎著睜開了雙眼。

接著，她看見一個相當狼狽的鐵餅，正抱著膝蓋，一臉嚴肅的坐在她枕頭邊。

鐵餅：●△●

猛地一個激靈，菲莉亞徹底清醒了，她默默的與這塊莫名眼熟的鐵餅四目相對。

鐵餅長著如火柴般細的手腳，銀白色的臉上扣著兩顆約鈕釦大的黑眼睛，疑似嘴巴的位置是個小小的三角形，似乎還會咂巴。

菲莉亞：「……」

鐵餅：「……」

菲莉亞：「……」

鐵餅：Σ(ﾟ△ﾟ|||)}

菲莉亞：「……」

鐵餅：「……嚶嚶嚶。」QUQ

——為什麼這塊鐵餅有手腳能說話看上去還很可憐的樣子？！難道我還沒有睡醒嗎？

菲莉亞感到一陣壓力。

在她依然感覺到腦袋有點暈的時候，鐵餅已經傷心的哭了起來：「嚶嚶嚶，主、主人，是妳嗎？」

——鐵餅不僅說話還哭起來了啊啊啊！

菲莉亞震驚了。她先揉了揉眼睛，然後又揉了揉，卻發現鐵餅始終坐在那裡嚶嚶嚶的哭

泣，一顆顆小冰球從它黑色的圓眼睛裡滾出來，啪啪啪的從床上滾落到地上。

菲莉亞好不容易才重新找回舌頭，難以置信的開口：「你、你是我的鐵餅？」

鐵餅憋住眼淚，用力點了點它的頭，接著又開始掉冰淚，「我……我穿過了四片冰原、一座森林、好幾條河流才來到這裡，過馬路的時候還差點被馬車撞了……嚶嚶嚶，這裡好可怕，嚶嚶嚶……」

話說差點撞到一塊會過馬路的鐵餅，馬車夫才會覺得比較驚恐吧！

看菲莉亞還在發呆，鐵餅拉了拉菲莉亞的袖子，哭得更大聲了。

菲莉亞：「……」

聽它哭得如此淒慘，菲莉亞不由得也感到有些可憐，於是猶豫的伸出手，摸了摸鐵餅的頭——如果這個地方算是頭的話。

觸感相當冰涼，而且很硬，某種意義上……還滿奇怪的。

鐵餅被摸了一會兒後滿足了，漸漸收起淒慘的哭聲，轉為小聲的啜泣。

菲莉亞其實已經在暗中掐了自己好幾把，確定現在這種情況真的不是在做夢，便小心翼翼的問道：「那、那個，你怎麼……」

沒等她說完，這塊極有可能是世界上最聰明的武器——鐵餅早已機智的領會了主人的意思，它淚眼矇矓的說道：「是一位溫柔又英俊的魔法師大人將我變成這樣的，他幫我做了手

腳、眼睛和嘴巴，然後讓我來找主人。我記得主人的爸爸是住在王城這裡的，主人之前又是跟著爸爸走的時候才把我落在客廳裡，所以我就來王城找主人了。魔法師大人讓我盡量不要出現在人類的面前，最好是到了晚上趁夜色行動……可是這邊的房子好多，我一間一間的找了好久嚶嚶嚶……」

「是、是嗎……」

這麼說，這塊鐵餅是誤打誤撞找到這裡的，如果今年爸爸和媽媽沒有離婚的話，她應該是住在南漳灣才對。啊，早知道應該把家裡的住址提前告訴鐵餅……

話說誰會特別把家裡住址告訴鐵餅啊！沒有把家裡住址告訴鐵餅難道是她的錯嗎！

菲莉亞覺得訊息量太大，她心裡有點亂。

不過……魔法師嗎？

她從來沒有見過能讓武器開口說話、而且還完全活過來的魔法師，簡直太厲害了……雖然不知道那位不認識的魔法師是出於什麼契機和理由把她的鐵餅變成了這樣……

儘管身上多了很多磨痕，但菲莉亞基本上能肯定這就是她從冬波利武器店老闆那裡買來的鐵餅沒錯。

注視著仰頭望著她的鐵餅，菲莉亞壓力有點大。

鐵餅敏銳的察覺到了菲莉亞微妙的態度，它緊張的一抖，「主、主人，妳難道不喜歡我

了嗎？」QᄆQ

「不、不是。」菲莉亞開口有些艱難，「但、但……」

——但你會說話啊啊啊啊！！誰家的鐵餅會說話啊！！！還會掉眼淚啊！你的手還放在膝蓋上！！作為一塊鐵餅竟然有膝蓋！！！QAQ

而且它竟然還記得被落下之前的事……菲莉亞感覺自己再也不能直視鐵餅了。

彷彿能察覺到菲莉亞神情和話語中的糾結，鐵餅也覺得很委屈，它吸了吸並不存在的鼻子，說道：「主、主人妳不要討厭我……其、其實我比以前好用很多的嚶嚶嚶……以後妳再把我扔出去，我就可以自己跑回來了！而、而且我還可以幫妳揹行李……我、我可以在妳扔偏的時候自己調整姿勢和角度，保證狠狠的砸中敵人，然後把他們身上可以重複利用的東西拿回來給妳。我、我真的超級有用的，還不用吃飯，平時稍微擦擦我，我就覺得很高興了嚶嚶嚶……主人妳不要把我扔掉嚶嚶嚶嚶……」

見菲莉亞仍然滿臉複雜，鐵餅堅毅的眨眨眼睛，下定了決心站起來，一把拉住菲莉亞的衣角，用力把她往外拉。

「不信的話，妳就扔扔我嘛。妳扔一扔就知道我真的變得超好用了嚶嚶……」

羅格朗先生的豪宅後面就有鐵餅練習場，大概是專門為菲莉亞準備的。

菲莉亞其實對這塊哭哭啼啼的鐵餅的話將信將疑，但在鐵餅的強烈要求下，她還是被半

推半拉的拖去了練習場。

菲莉亞將鐵餅抱起來，在扔之前果然仍覺得詭異，不確定道：「……真的要扔嗎？」

「快、快扔！」鐵餅視死如歸的閉上眼睛，「作為一塊鐵餅，如果不被扔的話，活著還有什麼價值！人、人家最喜歡風從臉頰兩邊吹過的感覺了！快扔！」

「那、那我扔了？」

「不要猶豫！再不扔人家都忍不住要睜眼睛了嚶嚶嚶！」

想來想去，菲莉亞還是不敢全力的扔，她擺好姿勢，控制住力道，輕輕的將鐵餅往前方擲出去……

旋轉的鐵餅一脫離菲莉亞的手，就用自己的雙手捂住眼睛，放聲慘叫：「啊啊啊啊啊啊啊啊——哎呀！好疼，嚶嚶嚶。」

鐵餅先是撞到牆上，又臉著地摔回地上，然後它堅強的站起來，邁著小短腿「嚶嚶嚶」的往回跑。

菲莉亞：「……」

等鐵餅好不容易跑回菲莉亞腳邊，已經累得氣喘吁吁，隨便往地上一躺，露出生無可戀的表情。

鐵餅：……

——這樣沒法扔吧，扔一次就感覺好愧疚。QAQ

菲莉亞嘆了口氣，道：「……算了，我以後不會再扔你了。」

「欸？！」鐵餅猛然從地上跳了起來，「其、其實我並、並不是害怕才叫的說，是我飛上天太興奮忍不住唱、唱起來了。妳要是不喜歡的話，我下次可以換別的來唱啊，一邊飛一邊唱歌給妳聽，跑回來的時候也可以唱。妳覺得我太過吵的話，我可以把四肢縮起來，閉上眼睛和嘴假裝成普通的鐵餅……妳不要去買別的鐵餅嚶嚶嚶……世界上再也不會有別的鐵餅像我一樣愛妳了……」

沒等鐵餅哭訴完，菲莉亞就熟練的將它抱起來，放在胸口，順便摸了摸它冰冷的頭頂弧度，道：「我也不會扔掉你的。」

「真、真的嗎？」

菲莉亞肯定的點頭，說道：「其實我一直在考慮換武器的事。」

最開始選鐵餅，是因為她不敢衝在隊伍的最前方，而本身又比較適合練習強力量型的武器，這才會一直使用能夠同時兼顧兩者的遠端重型攻擊武器。

而現在……

總是躲在隊伍最後是沒有用的，她不想一直被其他人擋在身後保護，在家裡是媽媽和哥哥，在學校裡則是以「對手」的名義庇護過她許多次的瑪格麗特，還有遇到危險時下意識將

她護在後面的歐文……

如果可以的話，她也希望自己能夠擋在他人前面，用自己的力量保護他人。

明明……她才是最適合站在前面的人。

菲莉亞差不多下定決心了，不過她倒是從來沒想過第一個得知這件事的人會是她自己的鐵餅。

「我想換成重劍之類可以站在最前面抵擋攻擊的武器。」菲莉亞說道，「最近也正好存夠錢了……你覺得呢？」

雖然羅格朗先生說到王城以後可以幫她買新的鐵餅，而重劍的價格也沒有比鐵餅高出多少，但菲莉亞畢竟還沒有完全和父親熟悉起來，總不好意思主動從他那裡索要太多東西，亦不太確定爸爸是不是只是說說而已。她平時都盡量節儉，能省則省，目前的存款來買一把普通的重劍應該是夠的。

就是不知道到學校後要怎麼更換主修武器，她都四年級了……高年級生比起校內學習更注重實踐，四年級生和六年級生大多都是在實習中度過的，五年級則是參加學院競賽。這麼晚才想換武器的學生，冬波利學院可能此前都沒有先例。考慮到這些，菲莉亞又感覺有些猶豫。

不過她的鐵餅並沒有思考這麼多，聽見菲莉亞既不準備扔它、又不會遺棄它，它呆呆的

看了她幾秒鐘，難以置信極了。

「真、真的可以嗎？可、可是我作為一塊鐵餅就是應該被扔的，我也不知道自己為什麼會懼高嚶嚶嚶……」鐵餅低下頭，沮喪道：「但如果妳不扔我的話，我就沒有作為武器的價值了。」

——原來鐵餅也會懼高啊。

菲莉亞默默的想。

她摸了摸心情低落的鐵餅，說道：「那你就陪我聊聊天吧。」

哥哥、母親、歐文全都不在，也許運氣好，過段時間能碰到瑪格麗特和溫妮，但一時半會兒的可能性恐怕不高，菲莉亞很孤獨。對她來說，這塊鐵餅反而是比較熟悉親近的東西。

鐵餅聽到自己肩負的是這麼溫和又重要的工作，頓時高興起來，銀白色的臉盤浮現出幸福的紅暈，它興奮道：「交、交給我吧！聊天的話，我很擅長噠！魔法師大人不僅教會我怎麼跑步，還教了我應該怎麼說話和聊天。」(*/ω＼*)

提起魔法師大人，鐵餅看起來既開心又驕傲。

忽然，它像是想起了什麼，開心的說道：「對了！主人，魔法師大人還讓我多在妳面前誇誇他的兒子，他兒子好像喜歡妳的樣子！」

——兒子？魔法師大人的兒子？誒？

菲莉亞聽到這句話有些發愣，她並不記得自己認識能夠讓鐵餅蹦蹦跳跳的厲害魔法師，更別說什麼兒子了。可是聽鐵餅的描述……怎麼對方好像認識她的樣子呢？

——還、還有喜歡什麼的……

菲莉亞正是對「喜歡」和「愛」這種詞彙敏感的年紀，儘管下意識的將這個詞往普通層面上的意義拉，仍然止不住有點臉燙。

「喜、喜歡我什麼的……」菲莉亞結巴道，總覺得說這些詞讓人害羞，「那、那位魔法師先生是我認識的嗎？」然而她卻想不起來認識什麼魔法師啊。

鐵餅苦惱道：「魔法師大人讓我不要透露他的姓名，還要不著痕跡的讚美他兒子的說。不過，主人妳應該是見過面的。魔法師大人有一頭特別漂亮的長髮，眼睛像是寶石一樣，笑起來的時候特別親近溫和，幫我做手腳的時候動作非常輕柔……」

——是、是女性的魔法師嗎？感覺更不認識了……

聽到鐵餅描述的外貌，菲莉亞覺得相當困惑。說到女性魔法師，除去學校裡的同學，她認識的就只有歐文的母親，但歐文的母親雖然的確是個親切溫和的人，可卻是金色的短髮。

——誒？難道是歐文的父親？

菲莉亞想想覺得挺像的，又不敢十分確定，萬一是她自作多情就有點尷尬了……還是開學再去問問歐文來確定吧。

另一邊的鐵餅其實心裡也憋著一口氣。魔法師大人交代它千萬不能說出他的頭髮和眼睛顏色，說出去的話就把它的嘴摘掉。_(:3)∠)_

可、可是它好想告訴別人魔法師大人的眼睛裡彷彿裝滿紅色的晚霞啊！嚶嚶嚶，然而魔法師大人說不能說就是不能說嚶嚶嚶……

鐵餅又感覺到傷心而哭起來了。

菲莉亞拍了拍膽子好像比她還小的鐵餅，不禁懷疑是不是自己軟弱的個性影響到它。

考慮了幾秒鐘，菲莉亞問：「那個……你有名字嗎？」

「沒有。」鐵餅難過的低頭回答，「魔法師大人沒有幫我取名字……因為不知道我的性別是什麼。」

它又有點期待的仰起臉，「主、主人，妳準備為我取名字嗎？」

菲莉亞沒替誰取過名字，這個請求令她感到苦惱。

原本鐵餅還不會動的時候，平時也只是「我的鐵餅、我的鐵餅」這樣喊的，整個學校裡就她一個人用鐵餅，不管怎麼樣都不會弄混。

「我、我不知道。」菲莉亞只好問道：「你有什麼想叫的名字嗎？」

鐵餅頓時來了精神，「那、那個，其實我從北方跑過來的時候就想好啦！我、我想叫威廉姆斯．戴安娜．勞倫斯．格溫多琳．羅格朗……」

——所以到底是男的女的……

——而且好長好難記……

菲莉亞考慮了一下，決定道：「還是就叫你鐵餅吧。」反正應該不會搞混的。

鐵餅：……！！QAQ

結束這一次訓練並且下定決心換武器之後，菲莉亞考慮了一會兒，還是決定去向羅格朗先生說一下她的鐵餅不僅自己跑回來而且還會說話的事。

她想把鐵餅放在家裡的話，不可能永遠瞞著羅格朗先生。因此，儘管仍然有些不擅長和羅格朗先生相處，她還是抱著鐵餅去敲了父親的門。

羅格朗先生一開始驚訝女兒竟會主動來找他，接著看到女兒手裡抱著害羞臉紅的鐵餅，聽完她解釋事情的經過，變得更驚訝了……

羅格朗先生已經起床許久，卻還是有種自己可能是沒睡醒的感覺。

不過，他畢竟是生意人，見過的奇形怪狀的東西並不少，很快就冷靜下來。

「我沒有見過能夠用魔法這樣改造物品的。」羅格朗先生一邊端詳鐵餅，一邊奇怪的問道：「……難道是新出現的魔法嗎？」

他本想從菲莉亞手裡接過鐵餅自己看，但才拿了一下就被鐵餅的重量嚇了一跳，險些將它失手掉在地上，最後還是只好藉著菲莉亞的手來看鐵餅。

因為時不時需要翻個面、轉個圈什麼的，這塊鐵餅一直在喊「哈哈哈癢癢癢」、「嚶嚶嚶我好暈」，情緒相當的多元複雜，於是羅格朗先生感覺更困惑了。

「妳確定這個不會有危險嗎？」他遲疑的說，「會不會對身體有傷害？」

「應該……不會吧？」菲莉亞也不是很確定，看了看手裡的鐵餅……它既懼高又愛哭，怎麼看都不像是很危險的樣子。而且也沒聽說過魔法改造的物品會對人體有傷害。

羅格朗先生又盯著鐵餅看了一會兒，算是基本上贊同這塊鐵餅不太會傷人的想法，於是點頭道：「那就留著它吧，不過盡量少帶出去，可能會嚇到路人……」

其實王城並沒有表面上看起來那麼安全，看到稀奇的東西就會生出不好念頭的傢伙不在少數。拿走一塊鐵餅還沒什麼，但他們如果傷害到菲莉亞的話就糟了。

羅格朗先生顯然並不知道自己眼中看上去柔弱又內向的女兒，在學校的某些教授眼中已經有了「人形殺器」這樣的評價，她和不法分子碰上的話，倒楣的說不定是對方，畢竟如果她在反抗途中不小心用力把人往牆上一推的話……

又頓了頓，羅格朗先生補充道：「還有，它還挺沉的，妳平時拿的時候稍微小心點。」萬一砸到腳肯定很疼，說不定會骨折。

菲莉亞鄭重的點點頭，表示自己會小心。

看著將自己都覺得沉的東西當羽毛一樣擺弄的女兒，羅格朗先生不由得有點好笑，頗為

懷念道：「說起來，妳媽媽以前也不怎麼怕重的東西……後來不知道怎麼回事，她突然連瓶蓋都擰不開了。」原本直接把瓶口掰斷都沒問題。

羅格朗先生笑著笑著忽然頓住。

過去覺得女兒更像自己些，但此時菲莉亞看起來又都是羅格朗夫人的影子……他有種眼睛被灼傷的刺痛感，不得不移開視線。

他們的婚姻束縛雙方太久，造成的傷害太大了……離婚讓他心理上終於輕鬆了很多，結束掉才比較正確吧。

羅格朗先生想了想，又安下心神。

為了讓菲莉亞熟悉新家的環境，羅格朗先生這幾天並沒有帶菲莉亞出門，而是讓她把家的裡裡外外都跑了一遍，差不多把家的格局和周圍的交通線路、公共設施都弄清楚。

這一片居民區的住戶約有十幾戶，大多都是和羅格朗先生一樣的外地生意人，另外還有一些世代住在王城的本土居民。附近的設備很齊全，基本上不會有不方便的地方，菲莉亞甚至找到幾家不遠的武器店和一家社區圖書館。

羅格朗先生好像在前往南淖灣期間積累了很多工作，因此時不時就要往外面跑；不在外面的時候，他就把自己關在書房裡，而為了不讓菲莉亞覺得不舒服，他暫時沒有招待客人到

家裡來。

不過菲莉亞聽女僕說，羅格朗先生除了生意夥伴以外，本來也很少有客人。

菲莉亞能感覺到羅格朗先生的確是個相當繁忙的人。

另外，王城緊張的生活狀態也和南泥灣的悠閒完全不同，偶爾從窗戶往外看，路上的馬車和行人看上去都是匆匆忙忙的，只有星期天的時候會好一些。

一個多星期後，菲莉亞基本上和房子裡的女僕以及管家混熟了。

除去管家喬治有點嚴肅，年紀又較大，菲莉亞有些怕他以外，兩個女僕都是年輕未婚、出來謀生計的女孩，一個十六歲，一個二十四歲，平時嘰嘰喳喳的說起話來很親熱，和在學校裡的感覺差不多，讓菲莉亞覺得十分容易親近。

「我下半年就要辭職啦！」十六歲的那個女僕特別甜蜜的對菲莉亞說：「雖然先生給的薪水不錯，也不像其他那些愛罵人的有錢人那麼苛刻，但是我要結婚了！」

她展示了自己纖細手指上的訂婚戒指，菲莉亞好奇的看去，那是一枚刻著字的銀白色細戒，被奶白色的皮膚襯得亮閃閃的。

「恭喜妳。」菲莉亞驚訝道，且不說這名女僕是兩個女僕裡年紀比較小的那一位，何況她才比自己大四歲……

總覺得結婚什麼的還很遙遠的菲莉亞，頓時有些奇怪的感覺。

小女僕笑嘻嘻道：「我的未婚夫有自己的房子，只不過離市區遠一點……以後我只要做自己家裡的工作就好了。露西，妳準備什麼時候結婚啊？妳都二十四了！」

露西是另一個女僕的名字，她把夾雜著棕絲的淺金色頭髮都裹在白色的頭巾裡，看上去很乾淨俐落。

「沒什麼，我不太急。」露西理了理頭巾，頓了頓後又道：「以後再找這樣的工作，就不像現在一樣容易了。」

小女僕睜大眼睛，滿臉不信道：「妳騙誰呢，我知道妳在相親。還有妳參加那個什麼奇怪的女性組織，我是不懂啦……我們只不過是女僕而已，又沒什麼前途，早點結婚有什麼不好？妳還想像喬治一樣當管家嗎？」

露西皺起眉頭，張嘴想說話，但小女僕沒有理她，而是又好奇的看菲莉亞。

「菲莉亞小姐，我們夫人……唔，前夫人，是什麼樣的人啊？聽喬治說這次先生回去就是和夫人離婚的，為什麼呀？夫人出軌了嗎？」

「沒有……我也不清楚他們為什麼要離婚。」菲莉亞情緒突然低落下來，她不喜歡這個話題，也不想回答，平時都刻意忘掉的。

按照羅格朗先生和哥哥的說法，這段婚姻早已名存實亡，破滅是遲早的事。

露西不高興道：「妳怎麼知道不是先生做了對不起前夫人的事？」

「先生的情況我們都清楚呀！他平時來往的對象不是生意夥伴，就是約克森女士了，但那個約克森女士和男人又有什麼區別啦？」小女僕噘起嘴，不滿的回答，「再說我們在這裡工作都這麼多年了，一次都沒有見過前夫人，也沒見過傳說中的少爺，一年才有幾封信……連菲莉亞小姐也是最近才來的呢！先生以前什麼都沒有，就一個人來了王城，好不容易才站穩腳跟……先生這麼忙，無法回去，他們怎麼也不來看看先生啊？」

「……菲莉亞小姐還站在這裡呢。」露西忍不住提醒道。

小女僕彷彿這才反應過來，眨了眨眼睛，閉嘴了。

菲莉亞有點尷尬。

王城與南淖灣隔得很遠，其實本來一年就傳不了幾封信。至於拜訪……

「媽媽她可能是……不想打擾爸爸吧？」菲莉亞想了想。

「怎麼會是打擾，太奇怪了吧？」小女僕跺跺腳，「先生一個人住這麼大的房子，又沒有人來看他……我常常看見他一個人對著牆發呆呢。菲莉亞小姐，您可能不知道，您來之前我還從來沒見過先生這麼開心過，您數數看，他上個星期都笑了多少次啦？」

這一點露西倒是覺得沒什麼錯，她考慮一下，才點頭道：「好像是。先生雖然以前就很溫和，但心情總是不好的樣子。小姐來了之後，就算不怎麼和先生說話，我也感覺先生的狀態好像不錯。」

▶◇◀◎▶◇◀

這個時候，羅格朗夫人正在整理家中的舊東西。

一旦接受事實以後，她發現離婚後的生活並不像想像中那樣難熬，反而是十幾年來少有的平靜。

至少，她終於藉著清理羅格朗先生的東西，找到了好好打掃一下倉庫的機會。

這個倉庫裡的東西很多都是上一輩乃至上上輩傳下來的，羅格朗夫人娘家的世代都住在南淖灣，因此積存不少莫名其妙的玩意。她找到很多自己已經遺忘的東西，比如小時候很喜歡的玩具、學生時代愛看的書。她還發現不少菲莉亞以前用的東西。

望著這些，她有種想要掉眼淚的衝動。

——菲莉亞去了王城，她過得好嗎？

羅格朗夫人忽然發現，她以前一直強迫菲莉亞學習，希望她將來能到王城找一份體面的工作，卻從來沒有問過她想不想去。

——菲莉亞……她喜歡王城嗎？

忽然，羅格朗夫人的手頓住了。

她在倉庫中找到一幅畫，上面是一個相當美麗雍容的美人，她穿著華美的衣裝，戴著鑲滿寶石的王冠，從畫中望著羅格朗夫人，眼神有些銳利。

羅格朗夫人先是一愣，接著伸手擦了擦畫的右下角，上面果然寫著這個女人的名字。

艾麗西亞．瓊斯。

那位曾令南淖灣無比自豪榮耀的王妃。

望著上面既熟悉又陌生的姓氏，羅格朗夫人忽然有點愣神。她嫁給羅格朗先生太久了，久到每天忙於相夫教子、忙於和鄰居家的太太攀比丈夫、忙於嘲諷這個貧窮落後的地方、忙於自怨自艾自己生於鄉下城鎮的命運、忙於每天做夢——她總想藉著女兒或者丈夫成為城裡人，並為此責怪和嫌棄無法替自己達成夢想的兒子……

結果，她忘記了很多事。

比如在成為羅格朗夫人之前，她有一個叫做安娜貝爾．瓊斯的名字——那位被歷史漸漸遺忘的、百年前的王妃的後裔……

不，王妃並不是被歷史遺忘的，她是被人們強行遺忘的。

那位王妃生前做了太多驚世駭俗的事。

她原本是個優秀的勇者，使用重劍，天賦異稟，據說能夠單手舉起巨石。她曾經殺死過某一任的魔族女王，在接受表彰的儀式上，當時的國王對她一見鍾情，並娶她做王妃。

對於一個出生南淖灣平民家庭的少女來說，嫁入王室似乎是無比榮耀的事，因此沒有人詢問她的意見，也沒有人想到她會做出之後的事——

弒親。

殺夫。

奪位。

在海波里恩，人們允許女人擔任社會工作，允許女人擁有私產，但他們似乎仍然不覺得女人應該掌控權力。

於是，在那位驚世駭俗的王妃艾麗西亞死後，人們將她的孩子趕回老家，重新擁立老國王的姪子為王，並對這段歷史閉口不談。為了避免重蹈覆轍，就連她的孩子都告訴族譜中的女孩，要做一個好女人、聽從丈夫的安排、管好家裡的事、不要給在外打拚的丈夫添麻煩。

於是，她的事就在統一的緘默中被漸漸遺忘。

事實上，比起王妃艾麗西亞，那個女人更適合另一個名字——

女王，艾麗西亞。

羅格朗夫人輕放在地上的手默默收緊。

結婚時鋪上的、如今已經陳舊的木地板，碎成了一片。

第十章 傳奇勇者的武器

等羅格朗先生將這段時間積累的所有工作處理完，已經是幾天後的事了。

「抱歉，菲莉亞，這段時間都沒有空陪妳，妳很無聊吧？」羅格朗先生愧疚道，「最近幾天我都空下來了，我帶妳去城裡逛逛，怎麼樣？」

其實菲莉亞並沒有覺得特別無聊，對她來說，這裡還是個新環境，光是熟悉就需要好幾天了。她還可以和鐵餅聊天。她的鐵餅好像特別怕寂寞，只要菲莉亞離開太久，就會「嚶嚶嚶」個不停。

而且……從女僕那裡聽了一些羅格朗先生的事後，菲莉亞對父親的感覺變得更複雜了。

「真的不會太麻煩你嗎？」菲莉亞想了想，問道。

「怎麼會。」羅格朗先生笑道，「假期就是用來陪妳玩的啊。我去讓喬治準備馬車。」

羅格朗先生的家離市區並不太遠，坐上馬車後沒過多久，他們就到了商業區。又過了一會兒，馬車在一間門面看上去很不錯的店鋪門口停下。

看到店面的名字，菲莉亞不由得愣了愣。

「那個時候妳剛出生，這家店和妳一樣是新生兒，所以就用妳的名字命名了。」羅格朗先生有些不好意思的說著，「另外，我在王國之心的其他地區還有兩家分店，是馬丁和安娜貝爾……」

他稍微頓了頓，又道：「妳知道妳媽媽叫安娜貝爾嗎？她好像覺得這個名字土氣，不是

很喜歡，所以很少提，小時候就不喜歡我們這麼叫她。我倒是認為挺可愛的呢……」

菲莉亞點點頭，她在家裡的證件和暑假作業的家長簽名欄上見過母親的名字，這麼重要的事情她不會忘掉的。

等走進店裡，一致穿著正裝的店員們顯然都認識羅格朗先生，紛紛恭敬的打招呼。

這裡和南淖灣的商店都不太一樣，店裡異常乾淨，地上的瓷磚亮閃閃的，能照出人影。店面很寬敞，卻只有零零落落的幾個展示架，裡面擺放著用玻璃罩罩好的商品。不知道為什麼，這種店面給菲莉亞一種很有壓力的感覺，如果不是羅格朗先生在的話，她是不敢進來的，這裡的東西一看就相當昂貴。

但是菲莉亞來不及注意這些太久，她看見擺在架子上像是商品的東西時，不由得眨了眨眼睛。

「妳知道這是什麼嗎？」羅格朗先生有些自豪的說道：「在海波里恩還沒有和我們一樣的商人，所以目前生意還不錯。」

羅格朗先生頓了頓，「菲莉亞，妳知不知道王國之心這一帶，包括周圍更大的地區，以前都是矮人遺址？」

菲莉亞在學校的地理課和歷史課上都學過，目前海波里恩的中心地區，包括王國之心、南淖灣北部、無人沙海西部，這些地方在數千年前曾經是矮人一族的領土，不過最主要還是

王國之心，王國之心的大部分土地都曾是矮人的家園。

距離矮人被人類滅亡已有上千年，但他們繁榮的文化直到如今都依然輝煌。即使現在，人類使用的大量技術都是由矮人開發出來的。

矮人族當年是所有種族中最矮小的，他們沒有高大強健的體魄，既不像精靈族天生受母樹的庇護，又不似魔族擅長操縱魔法，他們生存所憑藉的是聰明的頭腦和發達的鍊金術。他們製造火器來攻擊，製造高大又能被操縱的鎧甲來彌補生理上的缺陷，他們還能夠製造戰鬥力強悍的木人偶或鐵人偶來代替自己戰鬥……

一度，矮人的足跡幾乎遍布整個大陸。

比如今天人類還在使用的製作魔杖的方法，就是矮人最先發明的。

不過，矮人天性中的固執以及對傳統的過於執著，最終害了他們，他們不如人類那樣思維靈活。在一次次智慧博弈的戰爭後，最後一批矮人全部被困在當時矮人帝國的國家研究所中，那裡是矮人千萬年來天賦經驗財富的凝聚之地。最後的矮人直到最終一刻，也拒絕讓他們的財產遭受掠奪，於是引爆了整個研究所。

矮人滅族的同時，大陸的鍊金術成就亦倒退幾千年，無數珍貴的資料和技術就此斷絕，從此到底是先有魔法還是先有魔杖，成了至今魔法研究者及哲學家們都爭論不休、無法解答的問題。

要知道，傳說中的魔法創始人傑克．格林是個人類，他現存所有的活動遺跡全都位於遠古的人類王國，即風刃地區和西方高原。如果沒有魔杖的話，他是怎麼發現魔法的？如果沒有魔法的話，矮人為什麼要發明魔杖？再聯想到傑克．格林有個形影不離的矮人同伴，這個問題的答案就有了更多可能的解釋。

從目前已有的證據來看，魔族是在魔法誕生後，經過不知道多少年，才從人類中延伸出體質更適應於使用魔法的新種族，他們後來建立自己的國家，和原本的人類完全區別開來。至於精靈，則是母樹在孕育的過程中改變原本精靈的體質，誕生了能夠任意使用魔法的新精靈，即繁衍至今的精靈族。

總之，如今的世界是由無數遠古的謎團堆砌而成的，而這些謎團的答案，全都埋葬在矮人覆滅的最後一仗之中，令萬千學者捶胸頓足。

矮人文化知識的豐富程度遠遠超過人們想像的極限，現在海波里恩的學者們還在努力開發尚存的遺址，希望能找到矮人留下的珍貴技術。

然而，矮人是極其排外的種族，除去傑克．格林那個名字長到根本記不住的矮人同伴，從沒聽說過有別的矮人和外族有所牽扯；他們對自己的技術亦相當吝嗇，甚至有些秘術是靠口耳相傳來防止被外族偷竊，所以開發遺址的難度極高，進展一直緩慢。

在腦海中過了一遍上課內容後，再看羅格朗先生放在玻璃櫃裡的東西，菲莉亞頓時瞬大

眼睛，「……這些是矮人機械？」

「對。」羅格朗先生彎起嘴角笑起來，「不過只是一些小型、基礎的，大型的機械我們還在研究，暫時做不出來。」

羅格朗先生將櫃子裡那匹木馬拿出來，轉了幾圈發條，剛一鬆手，木馬用螺絲和木條固定的關節就活動起來，動作如同真馬一般。他將木馬放在玻璃櫃的平臺上，木馬就自由的跑動起來，跑到邊緣處，還知道轉個彎繼續跑。

菲莉亞驚奇的看著木馬，她還是第一次見到這種東西。以前頂多是在教科書上看到所謂矮人機械的概念圖。

如果將這種小馬做大的話，它豈不是可以代替真的馬拉車？而且不需要休息，只要定時上發條就好……

「矮人遺跡裡開發出來的技術通常都是很昂貴的，但那些一般指的是能用上的武器、藥劑之類的技術資料。像這種機械類的設計圖，以前因為沒人能做出來，所以簡直是廢紙，只能當作古董使用，數量相對來說也不少，一開始價格很低，我就收購了幾張，本來只是抱著試試看的心態做的。不過最近幾年，我們做出一些機械之後，發現其他人也在收購，設計圖的市場價就被越抬越高了。」

羅格朗先生頗為苦惱的繼續說道：「但我們目前還是只能做出小型機械，一般是賣給貴

族或富商當稀奇的玩具或者小工具之類，價格比較昂貴，市場不是很大。大型機械的設計圖雖然也買了幾張來研究，但目前還沒有頭緒，有幾個關鍵部分的組裝無論如何都……抱歉，菲莉亞，妳對這種事沒什麼興趣吧？」

菲莉亞趕緊擺手，「不、不會，我聽著呢！」就是聽不太懂。

羅格朗先生嘆了口氣，他又不是沒看見菲莉亞迷茫的眼神。

大部分人都會覺得矮人的機械很有趣，但其製作過程和銷售運作就變得枯燥乏味，大家都沒什麼耐心去聽。

「我房間裡有很多設計圖。」羅格朗先生摸了摸菲莉亞的頭，「回去之後妳挑挑看，有什麼喜歡的話，等閒下來我……卡斯爾？」

羅格朗先生忽然停止和菲莉亞說話，抬起了頭。

菲莉亞先是一愣，接著也回過頭，果然看見卡斯爾正在她身後。

「哈哈哈，抱歉啦，羅格朗先生。」因為被發現，卡斯爾笑著抓了抓頭髮，「其實你不用管我，我本來準備等你們說完再打招呼的。」

隨即，卡斯爾又看向菲莉亞，「早安，菲莉亞……妳已經搬來王城了？」

「……對，我大概兩個星期前搬來的。」菲莉亞回答。

卡斯爾學長看起來一點都不吃驚，像是早就知道她會搬來一樣，而且似乎認識爸爸……

也對，當初就是因為爸爸和他的親戚是朋友，他才會特意在學校關照自己啊！

菲莉亞想了想就釋然了。

羅格朗先生卻四處張望了一下，接著露出微笑，喊出了店內一位帶著孩子的中年客人的名字：「莉奧妮！」

這位擁有女士名字的客人回過頭，卻讓菲莉亞嚇了一跳。

她是皇家護衛隊的打扮，一身銀白色的護甲，胸口全是勛章，她的腰間佩劍，眼神銳利如鷹，紅髮，平頭，深色皮膚，要不是臉頰線條還算柔和的話，根本看不出是個女人。她大概四十歲左右，看起來比羅格朗先生或是羅格朗夫人都要再大五、六歲，身邊帶著的小女孩年紀卻只有七、八歲的樣子，正怯生生拉著她的袖子。

羅格朗先生推了推菲莉亞的背，對她道：「菲莉亞，這位是我的朋友兼合夥人，約克森女士，還有她的女兒喬伊娜。」

頓了頓，羅格朗先生補充道：「她是下一任皇家護衛隊總隊長的熱門人選。」

在海波里恩，已婚的女人通常會被冠上丈夫的姓氏並被稱作「夫人」，這種稱呼甚至會一直延續到丈夫去世或與前夫離婚之後，只有對未婚或丈夫入贅的女性，才會用在她們的族姓後方加上「女士」的稱法。

但不管怎麼樣，約克森女士的一身皇家護衛隊銀甲和她在「女士」前面的那個姓氏，都

足以令人尊敬。

「您、您好。」菲莉亞連忙向約克森女士打招呼。

對方個子很高，說不定比羅格朗先生還要高一些，菲莉亞今年也長高不少，卻依然不得不仰視她。

菲莉亞下意識的注視著約克森女士身上的護衛隊銀甲。

羅格朗夫人以前常常念叨，菲莉亞畢業後最好去加入皇家護衛隊，那裡的待遇最好，危險最小，而且護衛隊不管是騎士還是普通士兵，地位都很高，退役後仍舊能夠在宮廷裡得到一份不錯的工作。如果以後能當上分隊隊長甚至是總隊長的話，不僅越發受人尊敬，而且還能延長退役年齡，在護衛隊中留更長的時間，乃至獲得終身任職和名譽爵位。

風險小、回報高、前途無量，簡直是整個海波里恩最好的職位了，只不過與此伴隨而來的就是競爭極其激烈。護衛隊每年固定會招收兩百名新兵，而報名人數次次都超過兩萬，真正的百裡挑一。

菲莉亞由於羅格朗夫人的期望，時不時會關注一些皇家護衛隊的資訊，知道要競選總隊長一職的話，目前的職位一定是總副隊長，同時兼有將軍以上的軍銜，另外還得有軍功。

在艾斯新魔王繼位，兩國之間暫時保持明面上的和平後，軍功的要求就顯得很苛刻了。能得到軍功的機會不多，除非湊巧碰上貴族謀反或者連續殲滅數個大型強盜盜賊組織，要麼

就是有人刺殺國王或其他皇室成員。

此外，如果菲莉亞沒有記錯的話，皇家護衛隊到目前為止，只有過三任女隊長。約克森女士即使家族顯赫，胸前勛章足以證明她功績累累，但競爭的難度仍然可想而知。

這個時候，約克森女士稍微動了動，對菲莉亞微微頷首，算是打了招呼。

約克森女士像是不怎麼喜歡說話，眉頭緊緊的鎖著，眼神凶惡。可是羅格朗先生好像不怎麼怕她，輕鬆的說道：「莉奧妮，在這裡湊巧碰到妳真是太好了。菲莉亞正想換一把新的武器，重劍或是巨刀之類的……妳知道，我對這些不太懂，妳能幫忙挑挑嗎？當然，妳要是沒空就算了。」

因為鐵餅沒辦法扔了，菲莉亞又湊巧想換一種主修武器，於是和羅格朗先生已經提過這件事。

約克森女士沒有直接回答，她的眉頭擰得更深。突然，她捏了捏菲莉亞削瘦的肩膀，說道：「……強力量戰士？」

菲莉亞點點頭。

約克森女士的威壓很重，再加上遲疑的語氣，菲莉亞的慣性衝動差點下意識的將脖子縮起來。

約克森女士又捏住菲莉亞的下巴，左右看了看她的臉。

——真像啊。

約克森女士想了想，對羅格朗先生說道：「我記得我哥哥好像有一把閒置的重劍，你女兒要是能舉得起來，就送給她好了。」

菲莉亞愣了愣，約克森女士好像是卡斯爾學長的姑姑，那麼她的哥哥就是卡斯爾學長的爸爸，而卡斯爾學長的爸爸不就是……

上一個殺掉大魔王的勇者嗎？！

菲莉亞呆住了。

羅格朗先生也十分吃驚，連忙道：「這、這怎麼好意思！菲莉亞還只是初學者而已，用不了那麼好的重劍……」

「……只不過是些老舊的東西，應該也適合初學者。」約克森女士平靜的說道，「我哥哥是個武器收集狂，重劍多得堆不下，他卻不怎麼用……」

她頓了頓，露出些許嫌棄的表情，「看起來很占地方。」

菲莉亞：「……」

可是哪怕只是被那位約克森勇者摸過的武器，都能立刻暴漲好幾倍價格吧……畢竟，他可是曾經殺掉一任大魔王的勇者啊……

卡斯爾大笑著拍拍菲莉亞的肩膀，「這倒是真的，姑姑沒說謊，爸爸他的確買了不少用

不著的東西，而且買回來就不管了，就算少掉一、兩件他也發現不了的。」

菲莉亞：「……」怎麼聽起來像是準備不打招呼就直接拿？錯覺嗎？

「那過兩天我找人送過去給你們。」約克森女士像是做了決定，「還有，羅德里克，我最近……比較需要錢。」

「我明白。」羅格朗先生道。

她既然願意弄一把勇者的劍給菲莉亞，若完全沒有要求才會讓羅格朗先生比較擔心。她的意思是最近可能會弄走一些店內的流動資金……不過，這些本來就是約克森女士投入的資金和產生的利潤，她要調用也無可厚非。

目前正在總隊長換任的關鍵時期，另一個對手來自同樣強悍的威廉森家族，而且是個男人，羅格朗先生能夠理解她的壓力，他考慮了一下後說：「目前的話，應該不會有影響。」

「你最近剛離婚，財務狀況也不好吧？」約克森女士並不拐彎抹角，直接問道。

「總不至於餓死自己和女兒。」羅格朗先生聳了聳肩。

既然合夥人自己都這麼說，本來過得就不輕鬆的約克森女士便也不再跟他客氣，略一點頭，算是商定這件事。

她知道自己做事情比較冷硬，因此朋友不多，羅德里克·羅格朗勉強算是跟她相處起來比較容易的一個，平時也不介意互相幫些小忙，比如讓姪子照顧一下對方同校的女兒。

處理完準備做的事，還當場還了人情，約克森女士了無牽掛的帶著女兒離去。

「約克森女士是個挺嚴肅認真的人，一般的事情都可以通融，但和護衛隊有關的事情就不一定了。」羅格朗先生摸摸菲莉亞的頭，有點遺憾的說著，「不過先混個臉熟吧……妳媽媽還總是希望妳去皇家護衛隊嗎？」

菲莉亞先是點了點頭，繼而疑惑的抬臉問：「……你們……是朋友？」總覺得不太像。不管怎麼看，兩人的關係都很普通。

「她只是比較適應公事公辦的態度，其實人很不錯。」羅格朗先生笑道，「一開始如果沒有約克森女士的幫助，我的店未必開得起來。」

莉奧妮．約克森借給他第一筆資金，在羅格朗先生還完這筆債後，她也一直有在矮人機械的生意裡注資。

對羅格朗先生來說，約克森女士是位很值得感激的對象。

羅格朗先生帶著菲莉亞逛完自己家的店鋪後，又和她到中心區去逛了一圈，訂做了幾件衣服。菲莉亞長這麼大還是頭一次做被量身這麼正式的事，因此很不自在，僵硬的動作被裁縫小姐笑了好久。

裁縫小姐說這些訂製的衣服在一個月內就能拿到，這樣菲莉亞就能開學時帶到學校去。

▶◇◀◎▶◇◀

在訂做的衣服送過來之前，約克森女士答應送給菲莉亞的重劍就如約送到了。

只不過出乎意料的是，替約克森女士送重劍的不是她手下的士兵或僕人，而是她的親姪子——卡斯爾．約克森本人。

「喲！」卡斯爾笑容滿面的對剛剛聽到聲音就跑下樓的菲莉亞打了個招呼，露出漂亮的白色虎牙。

他才剛剛進門，女僕正幫他拿室內的鞋子換上。

「學長？」菲莉亞驚訝道，「你怎麼來了？」

「送劍過來給妳啊。」卡斯爾笑著說道，「還挺沉的，姑姑怕別人揹不動，半途會把劍弄壞了。」

菲莉亞這才注意到卡斯爾背後的確揹著一個被布一圈圈纏住的東西，看形狀應該就是那把重劍。

這可能是卡斯爾揹過最沉的劍了。他二年級時輔修過重劍，因此揹過好幾把重劍，相當清楚重劍的一般重量水準，但是這把劍仍然重得出奇，即使是他，一路揹過來也感覺出了不少汗。

姑姑把劍交給他的時候，就沒有讓他看到劍的全貌，卡斯爾忍不住感到有些好奇。老實說，他並不記得自己的父親有這麼一把收藏品，真不知道姑姑是從哪裡挖出來的。

「我可以看看嗎？」菲莉亞的語氣不由得帶了幾分期待。

但凡殺死過大魔王的勇者都會被授予傳奇勛章，屬於傳奇級別的勇者，他們的名字肯定會被人們記住，甚至變成童話故事，一代代講給小孩子聽。

能夠拿到這樣一把劍，菲莉亞真是做夢都沒有想過，有種被幸運砸暈的感覺。

「當然，它本來就是妳的劍了。」卡斯爾說道。他將劍小心翼翼的放到地板上，就地將裹著的布打開，銀亮的劍刃漸漸顯露出來。

這把劍看上去有些年頭了，但它的劍身依然明亮鋒利，一點鏽跡都沒有，能清晰的映出人影。

「妳舉起來試試看，怎麼樣？」卡斯爾說，「小心些，這把劍有點……」沉。

卡斯爾不得不把他的最後一個字嚥回喉嚨裡，因為他看見菲莉亞已經隨手把劍拿了起來，就跟吃飯時拿起湯匙一樣。

他忍不住失笑——對啊，他怎麼忘了，她可是菲莉亞！

卡斯爾和她在同一門課堂上了一年的課，還一起在精靈之森度過了一年，菲莉亞那股可怕的力量，他並不是不清楚。

外表並不高大健壯的女孩子若無其事拿著一把誇張的大劍的樣子，構成了一幅莫名有趣的畫面。

卡斯爾嘴角的弧度彎得更厲害了一些。

菲莉亞並沒有注意到卡斯爾的目光，她正仔仔細細的端詳著這把劍。不知道為什麼，這把重劍異常合她的心意，彷彿連劍柄上的條紋都能一一合上她手掌的紋路，寬大的劍身上映出她的臉來，菲莉亞看見那雙和她一模一樣的淺棕色眼睛正從劍裡望著自己。

——不愧是傳奇勇者的武器啊！

菲莉亞難掩驚嘆的想著。

卡斯爾亦藉著菲莉亞的手充分滿足了好奇心，同時，他更確定自己沒有在父親的收藏品中見過一樣的東西……

——這把重劍確實很不錯，卻又不是新的，也不像是姑姑打著父親武器的幌子買來送人的劍……

卡斯爾感到有些古怪，覺得自己或許需要回去再問問姑姑。

「既然妳已經拿到劍了，那我就回去了。」卡斯爾笑著說。

菲莉亞這才將黏在劍上的目光收了回來，重新看向卡斯爾。她眨了眨眼睛，吃驚的挽留道：「你就要走了？不進來嗎？」

卡斯爾幾乎只是在門邊上走了幾步，菲莉亞意識到自己待客不周，微微有些臉紅。

「嗯，其實我放假時也要跟父親學劍的，另外還有老師指導魔法，下午的練習時間馬上就要到了……哈哈，雖然偶爾也會想偷懶休息一下。」卡斯爾聳聳肩膀坦率的回答，「不過妳也知道，馬上就要開學了，今年的學院競賽輪到我們這一屆……要是我輸得太慘的話，總覺得很丟臉啊。」

他的表情像是真的十分苦惱的樣子。

「不、不會吧？」菲莉亞由衷的為卡斯爾謙虛的言論震驚，「學長你……很強啊！」

「哈哈哈，謝謝妳，菲莉亞。」卡斯爾像是很高興的摸了摸她的頭，「那麼，我走了，下次再見吧。」

「再、再見！」

菲莉亞連忙慌張的向對方告別。

卡斯爾走後，菲莉亞又忍不住繼續捧著劍上上下下的看。

忽然，她發現劍身和劍柄連接的地方，刻了一個極為細小的名字——艾麗西亞。

——誒？

之後，菲莉亞抱著她的新劍仔細看了好幾天，以至於她的鐵餅每天都坐在她枕頭邊「嚶嚶嚶」的表示寂寞。

不知道為什麼，她相當在意劍身上那行寫著「艾麗西亞」的小字。

——難道這把劍的產地是艾麗西亞？

——不會吧……艾麗西亞除了農業之外幾乎沒有別的產業了……

——難道卡斯爾學長母親的名字是艾麗西亞？

——不、不是，好像也不是叫這個名字……

——難、難道是特意為我刻的？！Σ(っ°Д°;)っ

——那為什麼要刻家鄉而不刻我的名字？

菲莉亞將腦海裡可能的猜測一一排除，最後仍然對這個名字一頭霧水。

▶◇◀◎▶◇◀

回到家裡的卡斯爾，困惑的問著約克森女士：「姑姑，妳送給菲莉亞的那把劍，不是我父親的收藏品吧？」

約克森女士沒有否認，只是道：「但它同樣屬於一位傳奇級別的勇者，我只是不希望她低估這把劍的價值。」

「是這麼古老的東西嗎？！」卡斯爾驚訝道，說到上一任傳奇勇者的話……起碼也是好

幾百年前了吧。

約克森女士微微垂下眼眸，「雖然的確是在你爺爺那一輩出生之前的勇者，但倒也沒有那麼久遠。」

卡斯爾為這話感到奇怪，他從小就聽過所有傳奇勇者的故事，但……

「不過，那的確是把很不錯的重劍。」他評價道。

無論是重量、形態、硬度……都無可挑剔。

約克森女士不置可否，「從小就在使用你父親的武器，你應該能知道，武器的好壞是有限的，世界上並沒有什麼能讓普通人一下子變成傳奇勇者的神器。只有足夠出色的勇者，才能駕馭最合適他的武器。」

她伸手摸了摸表情仍然有些不解的姪子的頭，說道：「卡斯爾，那個女孩有很大的機率能成為極其出色的戰士……關注她、幫助她、引導她，讓她成為你最重要的夥伴吧。」

如果一個時代裡能夠出現兩個足以成為傳奇勇者的年輕人，統一大陸的時機說不定真的到了。

卡斯爾點頭答應，他感覺到這一次姑姑的叮囑和先前一次讓他關照菲莉亞，顯然是完全不一樣的。本來這個學期他準備一直留在王城，直到學院競賽結束，現在看來，還得時不時回到冬波利才可以。

▶◇◀◎▶◇◀

暑假剩下的時光轉瞬即逝，就在菲莉亞感覺自己剛剛要適應在王城的生活時，她又要面臨開學了。不過，今年回校總算不再需要長途跋涉了，從王城到冬波利只需要很短的時間，而且一路都是平坦的官道，相當好走。

兩個女僕替菲莉亞收拾好行李，她一手拖著鐵餅，一手拖著重劍上了馬車，幾天後就回到了久違的學校冬波利。

菲莉亞拖著行李抵達宿舍的時候，宿舍裡已經有人回來好幾天了。此時，貝蒂、南茜和凱麗正聚在一起竊竊私語，在看見她進來時，南茜特別興奮的朝她揮手說道：「快過來，菲莉亞！妳聽說了沒有？查德教授和伊蒂絲教授的事？」

「沒有。」菲莉亞困惑的將行李暫時擱在一邊，走到她們身邊去，「出了什麼事嗎？」

查德教授和伊蒂絲教授原本關係一直不好，但上個學期老約翰被抓以後，不知是不是因為查德教授救了伊蒂絲教授的關係，菲莉亞能夠感覺到他們之間的關係似乎融洽許多。

——難道是又出什麼事了嗎？

菲莉亞不由得有些擔憂。

誰知南茜卻顯得很興奮的樣子，儘管壓低了嗓音，其實聲音依然不小的說道：「查德教授在暑假期間向伊蒂絲教授求婚了三次！可能還不止喔！應該說光是被目擊到的次數就有三次了……嘖嘖，真是想不到，原來查德教授平時總和伊蒂絲教授過不去是因為喜歡她啊……不過，伊蒂絲教授好像每次都毫不留情的拒絕了。」

「好、好可憐啊……」凱麗捂著胸口道，「伊蒂絲教授未免太……」

「活該！」貝蒂冷哼了一聲，「男性都這個樣子，說到最後還不是看臉？要是伊蒂絲教授不這麼漂亮的話……」

「啊，說起來——」南茜打斷了貝蒂的話，頗為奇怪的問道：「妳們到學校後的這幾天見過伊蒂絲教授了沒？我前幾天見到她了！不知道是不是錯覺，我感覺伊蒂絲教授好像胖了一點……」

「不可能吧？那可是伊蒂絲啊！」

「但我確實覺得她胖了啊，臉倒是沒怎麼變，就是腰有點粗了……難道是暑假裡不小心吃多了，還沒怎麼鍛鍊？」

南茜她們嘰嘰喳喳的討論起來，不知不覺整個話題就往減肥的方向狂奔而去，拉都拉不回來。菲莉亞苦笑一下，剛準備回房間收拾東西，就聽見隨手抱在懷裡的鐵餅開口：「那、那個……為什麼要減肥？重重的、圓圓的……難、難道不好嘛？QAQ」

菲莉亞這才想起自己還抱了塊會說話的鐵餅，連忙捂住它的嘴。

好在南茜頭也沒回，一邊隨手從茶几上拿起一塊小餅乾塞到嘴裡，一邊含糊道：「妳在開玩笑嗎？當然不好啦！小孩子的話還算得上可愛吧……唔，不過其實現在連小孩子也最好不要胖，果然還是健壯才比較棒吧？肌肉什麼的從小就應該練起來。」

鐵餅：我、我沒有肌肉啊！Σ(っ゚Д゚;)っ

貝蒂笑著戳戳她，「妳一個魔法師還好意思說啊！」

「魔法師怎麼啦？！」南茜翻了個白眼，撩起衣服，露出健康的馬甲線，「我平時也有鍛鍊啊！」

貝蒂一言不發的掃了她一眼，默默的撩起上衣，露出結結實實的六塊腹肌。

南茜：「……」

「……我才不和妳這種物理系的比呢。」南茜敗下陣來，但又有些不甘心，「妳有本事就和菲莉亞這種強力量系的比啊！聽說她是這一屆強力量型被尼爾森教授最看好的學生，腹肌什麼的肯定早就有八塊了吧？」

菲莉亞苦笑起來：「那個，其實我……」不知道為什麼好像練不出來……QAQ

「對了！」南茜沒在意菲莉亞的回答，她忽然想起別的什麼事，「菲莉亞，放假前妳把鐵餅落在客廳了！我讓歐文把鐵餅帶給妳，妳……等等！妳懷裡抱著的這個是什麼？！」

鐵餅：(*/ω＼*)

▶◇◀◎▶◇◀

此時，並不清楚自己被一塊鐵餅賣了後又被菲莉亞室友賣了的歐文，正和奧利弗站在校場上。

奧利弗雙手負在腦後，頗為無奈的看著歐文說道：「算了吧，你的手還要拿魔杖的吧？萬一脫臼的話不太好吧？」

「嗯，我知道，所以我只是試試而已。」歐文微笑著推了一下眼鏡，彷彿確實只是對自己的力量有些好奇，「畢竟我在精靈之森生活了一年，而且也比兩年前長高了一些，力量應該多少會有提升吧……唔，我會量力而行的，拿不起來就算了。」

「啊、啊，是嗎？」

奧利弗仍然有點懷疑，他並不知道歐文在家裡經過了幾個月的體能訓練，還有些不忍心打擊歐文的自信。想了想，他依然斟酌著說道：「那個……其實，歐文，你是長高不少啦，但力量的提升不是這麼容……誒？！你竟然拿起來了？！」

奧利弗難以置信的看著雙手握著劍柄、將自己的重劍慢悠悠抬了起來的歐文。

儘管劍的底端仍然沾著地面，靠著大地的力量來支撐，但比起去年的紋絲不動，歐文的進步顯然極其驚人。

奧利弗忍不住咋舌：「……啊，我也沒見你鍛鍊啊，身高的效果有這麼顯著嗎？」

大概是今年春天開始，歐文長高的進程終於加快了許多，開始追趕其他人了。

當然，因為幾乎所有男孩都有這麼一段時間，所以其他人並不以為意──他們並不知道魔族的生長期比人類要長，而且要再過一陣子才會到生長高峰──況且歐文目前確實還暫時趕不上宿舍裡比他年長的室友。

歐文緩緩的吐出一口氣，小心翼翼的將奧利弗的重劍放了下來。

總算能將劍抬起來了，這種顯而易見的進步令歐文心中無法控制的湧出一股強烈的雀躍之情。不過礙於奧利弗還在，歐文按捺下心裡湧現的激動，平靜的說道：「我也很吃驚……其實我只是今天忽然有一種好像可以拿起來的感覺而已，所以就想試試看，想不到真的拿起來了。」頓了頓，他補充道：「可能是因為我前段時間揮魔杖揮得比較用力，所以手臂得到了鍛鍊吧。」

奧利弗：「……」

──揮魔杖揮到可以拿起重劍，你是在逗我嗎？

奧利弗頓時有種「難道就連歐文其實都很有當強力量系戰士的天賦嗎」的緊張感，他複

雜的注視著歐文那頭娘氣的金髮，此時，那頭燦爛的金髮正和歐文那種讓人莫名想揍的爽朗笑容一起，在陽光下閃閃發光。

忍了忍，他果然還是沒忍住，「我可以揍你嗎，歐文？」

兩個人互相打鬧了一會兒，歐文重新理了理身上有些弄亂了的長袍，「今天真是謝謝你了，奧利弗。那麼，我先走了。」

「不一起回宿舍？」奧利弗有些奇怪的問道。

「不，我還有些事情要做。」

——我要去找菲莉亞怎麼能夠告訴你！她一回來的時候，我畫在校門口的小魔法陣就感覺到了好嗎！

奧利弗不明所以，「啊，是嗎？」

歐文不主動說要做什麼的話，奧利弗倒也沒有非要問到底的習慣，如果換作迪恩可能就不一定了。

他抓了抓後腦杓，目送著歐文步伐愉快的離開。望著歐文的背影，奧利弗忽然有種奇怪的感覺，他似乎真的不只是長高了，體格也的確是壯了一些，身形漸漸褪去小男孩的稚嫩，展現出屬於少年的雛形來。

——臥槽，這傢伙再染個頭髮，不會真的變得受歡迎起來吧？！

歐文並不知道奧利弗的心理活動，就像他並不知道他正準備前往的菲莉亞的宿舍，此刻全部為一塊鐵餅炸開了鍋一樣。

《與魔族王子一起戀愛吧02組團冒險》完

敬請期待更精采的《與魔族王子一起戀愛吧03》

I come from the other side of the universe.
多了個蠢爹爹？
來自外星
的義
01
episode
NOVEL
霧十
ILLUST
&
瑞讀
二人面の邂逅→蠢爹萌娃的同居生活→錄節目拍電影→
演藝圈最夯最萌
「父子檔」，誕生！
SUPER STAR
當
未成年外星人
救了
流行音樂小天王
#真心不懂地球人對DNA的執著#
#愚蠢的人類啊，你不適合跟我一起玩#
典藏閣
華文聯合出版平台
www.book4u.com.tw
采舍國際
www.silkbook.com
不思議工作室_
立即搜尋
版權所有© Copyright 2

飛小說系列172

與魔族王子一起戀愛吧 02

組團冒險

出版者■典藏閣
作　者■辰冰
繪　者■凌夏
企劃編輯■多力小子
美術設計■Aloya
總編輯■歐綾纖
製作團隊■不思議工作室

郵撥帳號■50017206 采舍國際有限公司（郵撥購買，請另付一成郵資）
台灣出版中心■新北市中和區中山路2段366巷10號10樓
電　話■(02)2248-7896　傳　真■(02)2248-7758
物流中心■新北市中和區中山路2段366巷10號3樓
電　話■(02)8245-8786　傳　真■(02)8245-8718
ISBN■978-986-271-809-4
出版日期■2018年1月

全球華文國際市場總代理／采舍國際
地　址■新北市中和區中山路2段366巷10號3樓
電　話■(02)8245-8786　傳　真■(02)8245-8718

新絲路網路書店
地　址■新北市中和區中山路2段366巷10號10樓
網　址■www.silkbook.com
電　話■(02)8245-9896
傳　真■(02)8245-8819

☞您在什麼地方購買本書？☜

1. 便利商店（＿＿＿＿市／縣）：□7-11　□全家　□萊爾富　□其他＿＿＿＿＿＿

2. 網路書店：□新絲路　□博客來　□金石堂　□其他＿＿＿＿＿

3. 書店（＿＿＿＿市／縣）：□金石堂　□蛙蛙書店　□安利美特animate　□其他＿＿

姓名：＿＿＿＿＿地址：＿＿＿＿＿＿＿＿＿＿＿＿＿＿＿＿＿＿

聯絡電話：＿＿＿＿＿＿＿　電子郵箱：＿＿＿＿＿＿＿＿＿＿＿＿＿

您的性別：□男　□女　　您的生日：西元＿＿＿＿年＿＿＿＿月＿＿＿＿日

（請務必填妥基本資料，以利贈品寄送）

您的職業：□上班族　□學生　□服務業　□軍警公教　□資訊業　□娛樂相關產業

□自由業　□其他＿＿＿＿＿

您的學歷：□高中（含高中以下）　□專科、大學　□研究所以上

☞購買前☜

您從何處得知本書：□逛書店　□網路廣告（網站：＿＿＿＿＿＿）　□親友介紹

（可複選）　□出版書訊　□銷售人員推薦　□其他＿＿＿＿＿＿＿

本書吸引您的原因：□書名很好　□封面精美　□書腰文字　□封底文字　□欣賞作家

（可複選）　□喜歡畫家　□價格合理　□題材有趣　□廣告印象深刻

□其他＿＿＿＿＿＿＿＿

☞購買後☜

您滿意的部份：□書名　□封面　□故事內容　□版面編排　□價格　□贈品

（可複選）　□其他

不滿意的部份：□書名　□封面　□故事內容　□版面編排　□價格　□贈品

（可複選）　□其他

您對本書以及典藏閣的建議＿＿＿＿＿＿＿＿＿＿＿＿＿＿＿＿＿＿＿＿

＿＿＿＿＿＿＿＿＿＿＿＿＿＿＿＿＿＿＿＿＿＿＿＿＿＿＿＿＿＿＿

＿＿＿＿＿＿＿＿＿＿＿＿＿＿＿＿＿＿＿＿＿＿＿＿＿＿＿＿＿＿＿

✌未來您是否願意收到相關書訊？□是　□否

✍感謝您寶貴的意見✍

U0073795

印刷品

$3.5
貼
5元
郵票

235 新北市中和區中山路二段366巷10號10樓

華文網出版集團　收

（典藏閣－不思議工作室）

與魔族王子一起戀愛吧～

MO ZU PRINCE

NOVEL 辰冰 X ILLUST 凌夏

Episode 02